Kadokawa Fantastic Novels

續・魔法科高中的劣等生

魔法人聯社

The irregular at magic high school
Magian Company

佐島 勤
Tsutomu Sato
illustration／石田可奈
Kana Ishida
illustrator assistant／ジミー・ストーン、末永康子

4

KEYWORDS

對人感知魔法「全相觸覺」

預先設置想子情報體的「陣」，一旦有人類碰觸，術士就可以感知對方的想子體外皮情報，屬於無系統魔法。可以偵測到入侵者，連想子波形都能識別，是一種方便又高階的魔法，熟練的術士在睡眠狀態也能使用。

STARS的蘇菲亞·斯琵卡擅長這個魔法，但她自己不喜歡「全相觸覺」這個名稱而以「警鈴」取代。

導師之石板

在魔女們之間，相傳這是傳授強力祕術給擁有者的石板。使用方法與記載的祕術不明。

「巴別」

FAIR在沙斯塔山挖到的導師之石板記載的精神干涉系魔法。正式魔法名稱是「巴別塔之神罰」。

效果是擾亂語言能力。造成「至今可以正常會話的人類突然聽不懂話語意義」這種現象，而且和一般魔法不同，會持續產生作用。

不只如此，還會干涉目標對象的潛意識領域複製自己，隨機寄生在附近人們的腦部，這可以說是「巴別」最大的特徵。傳染人數的上限取決於發動「巴別」的魔法師擁有的魔法力，因此依照術士的能力有可能成為和戰略級魔法同級的凶惡魔法。

蕾娜・
USNA政治結
別名為「聖女
氣質。
實際年齡三十
有十六歲左右
『本次的訪問，就我所知是要傳達一些訊息給我。』
「您說得沒錯。」
七草真由美
十師族七草家的長女。
從魔法大學畢業之後，進入七草家相關企業工作，後來轉職進入魔法人聯社。

「晚安，達也。找我過來有什麼事嗎？」

成為世界最強的哥哥。
絕對信任哥哥的妹妹。
這對兄妹為了實現理想的社會而踏出一步時，

混亂與變革的每一天就此揭開序幕——

魔法人聯社 4

續・魔法科高中的劣等生

The irregular at magic high school
Magian Company

佐島 勤
Tsutomu Sato
illustration
石田可奈
Kana Ishida

Kadokawa Fantastic Novels

司波達也

魔法大學三年級。
打倒數名戰略級魔法師，向世人展現實力的「最強魔法師」。深雪的未婚夫。
擔任魔法人協進會的副代表，成立魔法人聯社。

司波深雪

魔法大學三年級。
四葉家的下任當家。達也的未婚妻。
擅長冷卻魔法。
擔任魔法人聯社的理事長。

安潔莉娜・庫都・希爾茲

魔法大學三年級。
前USNA軍STARS總隊長安吉・希利鄔斯。
歸化日本，擔任深雪的護衛，和達也、深雪共同生活。

九島光宣

和達也決戰之後，陪伴水波沉眠。
現在和水波一起在衛星軌道上協助達也。

櫻井水波

光宣的戀人。
曾經陪伴光宣沉眠，
現在和光宣共同生活。

藤林響子

從國防軍退役，在四葉家從事研究工作。
二一〇〇年進入魔法人聯社就職。

遠上遼介

隸屬於USNA政治結社「FEHR」的日本青年。
在溫哥華留學期間，
熱中於「FEHR」的活動，從大學中輟。
使用失數家系「十神」的魔法。

蕾娜・費爾

USNA政治結社「FEHR」的首領。
別名「聖女」，擁有超凡的領袖氣質。
實際年齡三十歲，
看起來卻像是只有十六歲左右。

艾莎・錢德拉塞卡

戰略級魔法「神焰沉爆」的發明人。
和達也共同設立「魔法人協進會」，
擔任代表。

愛拉・克里希納・夏斯特里

錢德拉塞卡的護衛，
已習得「神焰沉爆」的
非公認戰略級魔法師。

一条將輝

魔法大學三年級。
十師族一条家的下任當家。

十文字克人

十師族十文字家的當家。
進入自家的土木公司擔任幹部。
達也形容為「如同巨巖的人物」。

七草真由美

十師族七草家的長女。
從魔法大學畢業之後，進入七草家相關企業工作，
後來轉職進入魔法人聯社。

西城雷歐赫特

從第一高中畢業之後，就讀通稱「救難大」的
克災救難大學。達也的朋友。
擅長硬化魔法。個性開朗。

千葉艾莉卡

魔法大學三年級。達也的朋友。
可愛的闖禍大王。

吉田幹比古

魔法大學三年級。出自古式魔法名門。
從小就認識艾莉卡。

柴田美月

從第一高中畢業之後，升學就讀設計學校。
達也的朋友。罹患靈子放射光過敏症。
有點少根筋的認真少女。

光井穗香

魔法大學三年級。
擅長光波振動系魔法。心儀達也。
一旦擅自認定後就頗為一意孤行。

北山雫

魔法大學三年級學生。從小和穗香情同姊妹。
擅長振動與加速系魔法。
情緒起伏鮮少展露於言表。

四葉真夜

達也與深雪的姨母。
四葉家現任當家。

葉山

服侍真夜的高齡管家。

黑羽亞夜子

魔法大學二年級。文彌的雙胞胎姊姊。
從第四高中畢業時，公開自己和四葉家的關係。

黑羽文彌

魔法大學二年級。和姊姊亞夜子是雙胞胎。
從第四高中畢業時，公開自己和四葉家的關係。
乍看只像是中性女性的俊美青年。

花菱兵庫

服侍四葉家的青年管家。
四葉家次席管家花菱的兒子。

七草香澄

魔法大學二年級。
七草真由美的妹妹。泉美的雙胞胎姊姊。
個性活潑開朗。

七草泉美

魔法大學二年級。
七草真由美的妹妹。香澄的雙胞胎妹妹。
個性成熟穩重。

洛基·狄恩

FAIR 的首領。表面上是義大利裔的風雅男子，
具備好戰又殘虐的一面。
為了實現由魔法師統治社會的願望
而覬覦聖遺物。

蘿拉·西蒙

擁有歸類為妖術或巫術的能力，
北非裔的美女。
洛基·狄恩的心腹兼情人。

吳內杏

進人類戰線的領袖。
擁有特殊的異能。

深見快宥

進人類戰線的副領袖。

Glossary
用語解說

一科生的徽章

司波達也的CAD

司波深雪的CAD

魔法科高中
國立魔法大學附設高中的通稱，全國總共設立九所學校。
其中的第一至第三高中，每學年招收兩百名學生，
並且分為一科生與二科生。

花冠、雜草
第一高中用來形容一科生與二科生階級差異的隱語。
一科生制服的左胸口繡著以八枚花瓣組成的徽章，
不過二科生制服沒有。

CAD
簡化魔法發動程序的裝置，
內部儲存使用魔法所需的程式。
分成特化型與泛用型，外型也是各有不同。

Four Leaves Technology〔FLT〕
國內一家CAD製造公司。
原本該公司製造的魔法工學零件比成品有名，
但在開發「銀式」之後，
搖身一變成為知名的CAD製造公司。

托拉斯・西爾弗
短短一年就讓特化型CAD的軟體技術進步十年，
而為人所稱頌的天才技師。

Eidos〔個別情報體〕
原為希臘哲學用語。在現代魔法學，個別情報體指的是
「伴隨事物現象而來的情報」，是「事象」曾經存在於
「世界」的記錄，也可以說是「事象」留在「世界」的足跡。
依照現代魔法學的定義，「魔法」就是修改個別情報體，
藉以改寫個別情報體所代表的「事象」的技術。

Idea〔情報體次元〕
原為希臘哲學用語。在現代魔法學，情報體次元指的是「用來記錄個別情報體的平台」。
魔法的原始形態，就是將魔法式輸入這個名為「情報體次元」的平台，
改寫平台裡「個別情報體」的技術。

啟動式
為魔法的設計圖，用來構築魔法的程式。
啟動式的資料檔案，是以壓縮形式儲存在CAD，魔法師輸入想子波展開程式之後，
啟動式會依照資料內容轉換為訊號，並且回傳給魔法師。

想子
位於靈異現象次元的非物質粒子，記錄認知與思考結果的情報元素。
成為現代魔法理論基礎的「個別情報體」，成為現代魔法骨幹的「啟動式」和
「魔法式」技術，都是由想子建構而成。

靈子
位於靈異現象次元的非物質粒子。雖然已經確認其存在，但是形態與功能尚未解析成功。
一般的魔法師，頂多只能「感覺到」活化狀態的靈子。

魔法師
「魔法技能師」的簡稱。能將魔法施展到實用等級的人，統稱為魔法技能師。

魔法式
用來暫時改變伴隨事物現象而來的情報之情報體。由魔法師持有的想子構築而成。

魔法演算領域

構築魔法式的精神領域，也就是魔法資質的主體。該處位於魔法師的潛意識領域，魔法師平常可以意識到魔法演算領域並且使用，卻無法意識到內部的處理過程。對魔法師本人來說，魔法演算領域也堪稱是個黑盒子。

魔法式的輸出程序

❶從CAD接收啟動式，這個步驟稱為「讀取啟動式」。
❷在啟動式加入變數，送入魔法演算領域。
❸依照啟動式與變數構築魔法式。
❹將構築完成的魔法式，傳送到潛意識領域最上層暨意識領域最底層的「基幹」，從意識與潛意識之間的「閘門」輸出到情報體次元。
❺輸出到情報體次元的魔法式，會干涉指定座標的個別情報體進行改寫。

「實用等級」魔法師的標準，是在施展單一系統暨單一工序的魔法時，於半秒內完成這些程序。

魔法的評價基準（魔法力）

構築想子情報體的速度是魔法的處理能力、
構築情報體的規模上限是魔法的容納能力、
魔法式改寫個別情報體的強度是魔法的干涉能力，
這三項能力總稱為魔法力。

始源碼假說

主張「加速、加重、移動、振動、聚合、發散、吸收、釋放」四大系統八大種類的魔法，各自擁有正向與負向共計十六種基礎魔法式，以這十六種魔法式搭配組合，就能構築所有系統魔法的理論。

系統魔法

歸類為四大系統八大種類的魔法。

系統外魔法

並非操作物質現象，而是操作精神現象的魔法統稱。
從使喚靈異存在的神靈魔法、精靈魔法，或是讀心、靈魂出竅、意識操控等，包括的種類琳琅滿目。

十師族

日本最強的魔法師集團。一条、一之倉、一色、二木、二階堂、二瓶、三矢、三日月、四葉、五輪、五頭、五味、六塚、六角、六鄉、六本木、七草、七寶、七夕、七瀨、八代、八朔、八幡、九島、九鬼、九頭見、十文字、十山共二十八個家系，每四年召開一次「十師族甄選會議」，選出的十個家系就稱為「十師族」。

含數家系

如同「十師族」的姓氏有一到十的數字，「百家」之中的主流家系姓氏也有十一以上的數字，例如「『千』代田」、「『五十』里」、「『千』葉」家。
數字大小不代表實力強弱，但姓氏有數字就代表血統純正，可以作為推測魔法師實力的依據之一。

失數家系

亦被簡稱「失數」，是「數字」遭受剝奪的魔法師族群。
昔日魔法師被視為兵器暨實驗樣本的時候，評定為「成功案例」得到數字姓氏的魔法師，要是沒有立下「成功案例」應有的成績，就得接受這樣的烙印。

各式各樣的魔法

● 悲嘆冥河
凍結精神的系統外魔法。凍結的精神無法命令肉體死亡，
中了這個魔法的對象，肉體將會隨著精神的「靜止」而停止、僵硬。
依照觀測，精神與肉體的相互作用，也可能導致部分肉體結晶化。

● 地鳴
以獨立情報體「精靈」為媒介振動地面的古式魔法。

● 術式解散
把建構魔法的魔法式，分解為構造無意義的想子粒子群的魔法。
魔法式作用於伴隨事象而來的情報體，基於這種性質，魔法式的情報結構一定會曝光，無法防止外力進行干涉。

● 術式解體
將想子粒子群壓縮成塊，不經由情報體次元直接射向目標物引爆，摧毀目標物的啟動式或魔法式這種紀錄魔法的想子情報體，屬於無系統魔法。
即使歸類為魔法，但只是一種想子砲彈，結構不包含改變事象的魔法式，因此不受情報強化或領域干涉的影響。此外，砲彈本身的壓力也足以反彈演算干擾的影響。由於完全沒有物理作用力，任何障礙物都無法防堵。

● 地雷原
泥土、岩石、砂子、水泥，不拘任何材質，
總之只要是具備「地面」概念的固體，就能施以強力振動的魔法。

● 地裂
由獨立情報體「精靈」為媒介，以線形壓潰地面，
使地面乍看之下彷彿裂開的魔法。

● 乾冰雹暴
聚集空氣中的二氧化碳製作成乾冰粒，
將凍結過程剩餘的熱能轉換為動能，高速射出乾冰粒的魔法。

● 迅襲雷蛇
在「乾冰雹暴」製造乾冰顆粒時，凝結乾冰氣化產生的水蒸氣，
溶入二氧化碳氣體使其形成高導電霧，再以振動系與釋放系魔法產生摩擦靜電。以溶入碳酸的水霧或水滴為導線，朝對方施展電擊的組合魔法。

● 冰霧神域
振動減速系廣域魔法。冷卻大容積的空氣並操縱其移動，
造成廣範圍的凍結效果。
簡單來說，就像是製造超大冰箱一樣。
發動時產生的白霧，是在空中凍結的冰或乾冰。
但要是提升層級，有時也會混入凝結為液態氮的霧。

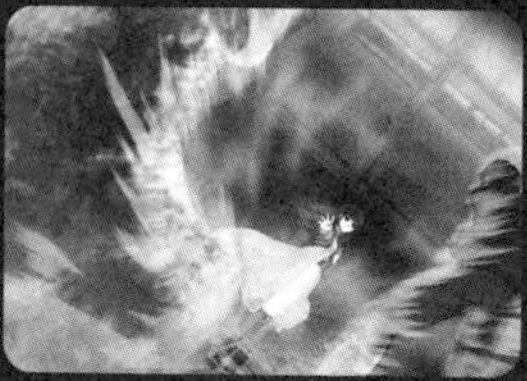

● 爆裂
將目標物內部液體氣化的發散系魔法。
如果是生物就是體液氣化導致身體破裂，
如果是以內燃機為動力的機械就是燃料氣化爆炸。
燃料電池也不例外。即使沒有搭載可燃的燃料，無論是電池液、油壓液、冷卻液或潤滑液，世間沒有機械不搭載任何液體，因此只要「爆裂」發動，幾乎所有機械都會毀損而停止運作。

● 亂髮
不是指定角度改變風向，而是為了造成「絆腳」的含糊結果操作氣流，以極接近地面的氣流促使草葉纏住對方雙腳的古式魔法。只能在草長得夠高的原野使用。

魔法劍

使用魔法的戰鬥方式，除了以魔法本身為武器作戰，還有以魔法強化、操作武器的技術。
以魔法配合槍、弓箭等射擊武器的術式為主流，不過在日本，劍技與魔法組合而成的「劍術」也很發達。
現代魔法與古式魔法兩種領域，都開發出堪稱「魔法劍」的專用魔法。

1.高頻刃

高速振動刀身，接觸物體時傳導超越分子結合力的振動，將固體局部液化之後斬斷的魔法。和防止刀身自我毀壞的術式配套使用。

2.壓斬

使劍尖朝揮砍方向的水平兩側產生排斥力，將劍刃接觸的物體像是左右推壓般割斷的魔法。排斥力場細得未滿一公釐，強度卻足以影響光波，因此從正面看劍尖是一條黑線。

3.童子斬

被視為源氏祕劍而相傳至今的古式魔法。遙控兩把刀再加上手上的刀，以三把刀包圍對手並同時砍下的魔法劍技。以同音的「童子斬」隱藏原本「同時斬」的意義。

4.斬鐵

千葉一門的祕劍。不是將刀視為鋼塊或鐵塊，而是定義為「刀」這種單一概念，依循魔法式所設定的刀路而動的移動系統魔法。被定義為單一概念的「刀」如同單分子結晶之刃，不會折斷、彎曲或缺角，將會沿著刀路劈開所有物體。

5.迅雷斬鐵

以專用武裝演算裝置「雷丸」施展的「斬鐵」進化型。將刀與劍士定義為單一集合概念，因此從接觸敵人到出招的一連串動作，都能毫無誤差地高速執行。

6.山怒濤

以全長一八〇公分的大型專用武器「大蛇丸」所施展的千葉一門的祕劍。將己身與刀的慣性減低到極限並高速接近對手，在交鋒瞬間將至今消除的慣性疊加，提升刀身慣性後砍向對方。這股偽造的慣性質量和助跑距離成正比，最高可達十噸。

7.薄翼蜻蜓

將奈米碳管編織為厚度十億分之五公尺的極致薄膜，再以硬化魔法固定為全平面而化為刀刃的魔法。薄翼蜻蜓製成的刀身比任何刀劍或剃刀都要銳利，但術式不支援揮刀動作，因此術士必須具備足夠的刀劍造詣與臂力。

魔法技能師開發研究所

西元二〇三〇年代，日本政府因應第三次世界大戰當前而緊張化的國際情勢，接連設立開發魔法師的研究所。研究目的不是開發魔法，始終是開發魔法師，為了製造出最適合使用所需魔法的魔法師，基因改造也在研究範圍。

魔法技能師開發研究所設立了第一至第十共十所，至今依然有五所運作中。

各研究所的細節如下所述：

魔法技能師開發第一研究所

二〇三一年設立於金澤市，現在已關閉。

開發主題是進行對人戰鬥時直接干涉生物體的魔法。氣化魔法「爆裂」是衍生形態之一。不過，操作人體動作的魔法可能會引發傀儡攻擊（操作他人進行的自殺式恐怖攻擊），因此禁止研發。

魔法技能師開發第二研究所

二〇三一年設立於淡路島，運作中。

和第一研的主題成對，開發的魔法是干涉無機物的魔法。尤其是關於氧化還原反應的吸收系魔法。

魔法技能師開發第三研究所

二〇三二年設立於厚木市，運作中。

目的是開發出能獨力應付各種狀況的魔法師，致力於多重演算的研究。尤其竭力實驗測試可以同時發動、連續發動的魔法數量極限，開發可以同時發動複數魔法的魔法師。

魔法技能師開發第四研究所

詳情不明，推測位於前東京都與前山梨縣的界線附近，設立時間則估計是二〇三三年。現在宣稱已經關閉，而實際狀況也不明。只有前第四研不是由政府，是對國家具備強大影響力的贊助者設立。傳聞現在該研究所從國家獨立出來，接受贊助者的支援繼續運作，也傳聞該贊助者實際上從二〇二〇年代之前就經營著該研究所。

據說其研究目標是試圖利用精神干涉魔法，強化「魔法」這種特異能力的源泉，也就是魔法師潛意識領域的魔法演算領域。

魔法技能師開發第五研究所

二〇三五年設立於四國的宇和島市，運作中。

研究的是干涉物質形狀的魔法。主流研究是技術難度較低的流體控制，但也成功研究出干涉固體形狀的魔法。其成果就是和USNA共同開發的「巴哈姆特」。加上流體干涉魔法「深淵」，該研究所開發出兩個戰略級魔法，是國際聞名的魔法研究機構。

魔法技能師開發第六研究所

二〇三五年設立於仙台市，運作中。

研究如何以魔法控制熱量。和第八研同樣偏向是基礎研究機構，相對的缺乏軍事色彩。不過除了第四研，據說在魔法技能師開發研究所之中，第六研進行基因改造實驗的次數最多（第四研實際狀況不明）。

魔法技能師開發第七研究所

二〇三六年設立於東京，現在已關閉。

主要開發反集團戰鬥用的魔法，群體控制魔法為其成果。第六研的軍事色彩不強，促使第七研成為兼任戰時首都防衛工作的魔法師開發研究設施。

魔法技能師開發第八研究所

二〇三七年設立於北九州市，運作中。

研究如何以魔法操作重力、電磁力與各種強弱不同的交互作用力。基礎研究機構的色彩比第六研更濃厚，但是和國防軍關係密切，這一點和第六研不同。部分原因在於第八研的研究內容很容易連結到核武開發，在國防軍的保證之下，才免於被質疑暗中開發核武。

魔法技能師開發第九研究所

二〇三七年設立於奈良市，現在已關閉。

研究如何將現代魔法與古式魔法融合，試圖藉由讓現代魔法吸收古式魔法的相關知識，解決現代魔法不擅長的各種課題（例如模糊不明確的術式操作）。

魔法技能師開發第十研究所

二〇三九年設立於東京，現在已關閉。

和第七研同樣兼具防衛首都的目的，研究如何在空間產生虛擬結構物的領域魔法，作為遭遇高火力攻擊的防禦手段。各式各樣的反物理護壁魔法為其成果。

此外，第十研試圖使用不同於第四研的手段激發魔法能力。具體來說，他們致力開發的魔法師並非強化魔法演算領域本身，而是能讓魔法演算領域暫時超頻，因應需求使用強力的魔法。但是成功與否並未公開。

除了上述十間研究所，開發元素家系的研究所從二〇一〇年代運作到二〇二〇年代，但現今全部關閉。此外，國防軍在二〇〇二年設立直屬於陸軍總司令部的秘密研究機構，至今依然獨自進行研究。九島烈加入第九研之前，都在這個研究機構接受強化處置。

戰略級魔法師

現代魔法是在高度科技之中培育而成，
因此能開發強力軍事魔法的國家有限，
導致只有少數國家能開發匹敵大規模破壞武器的戰略級魔法。
不過，開發成功的魔法會提供給同盟國，
高度適合使用戰略級魔法的同盟國魔法師，也可能認證為戰略級魔法師。
在二〇九五年四月，各國認定適合使用戰略級魔法，並且對外公開身分的魔法師共十三名。
他們被稱為「十三使徒」，公認是世界軍事平衡的重要因素。
在二一〇〇年的時間點，各國公認的戰略級魔法師如下所述：

USNA

■安吉．希利鄔斯：「重金屬爆散」
■艾里歐特．米勒：「利維坦」
■羅蘭．巴特：「利維坦」
※其中只有安吉．希利鄔斯任職於STARS。
艾里歐特．米勒位於阿拉斯加基地，羅蘭．巴特位於國外的直布羅陀基地，
兩人基本上不會出動。

新蘇維埃聯邦

■伊果．安德烈維齊．貝佐布拉佐夫：「水霧炸彈」
※二〇九七年被推定已經死亡，但是新蘇聯否定這個猜測。
■列昂尼德．肯德拉切科：「大地紅軍」
※肯德拉切科年事已高，基本上不會離開黑海基地。

大亞細亞聯盟

■劉麗蕾：「霹靂塔」
※劉雲德已於二〇九五年十月三十一日的對日戰鬥中戰死。

印度、波斯聯邦

■巴拉特．錢德勒．坎恩：「神焰沉爆」

日本

■五輪 澪：「深淵」
■一条將輝：「海爆」
※二〇九七年由政府認定是戰略級魔法師。

巴西

■米吉爾．迪亞斯：「同步線性融合」
※魔法式為USNA提供。二〇九七年之後音訊全無，但是巴西否認這個說法。

英國

■威廉．馬克羅德：「臭氧循環」

德國

■卡拉．施米特：「臭氧循環」
※臭氧循環的原型，是分裂前的歐盟因應臭氧層破洞而共同研發的魔法，
後來由英國完成，依照協定向前歐盟各國公開魔法式。

土耳其

■阿里．夏亨：「巴哈姆特」
※魔法式為USNA與日本所共同開發完成，由日本主導提供。

泰國

■梭姆．查伊．班納克：「神焰沉爆」
※魔法式為印度、波斯聯邦提供。

STARS簡介

USNA軍統合參謀總部直屬魔法師部隊。共有十二部隊，
隊員依照星星的亮度分成不同階級。
部隊長各自獲頒一等星的稱號。

●STARS的組織體系

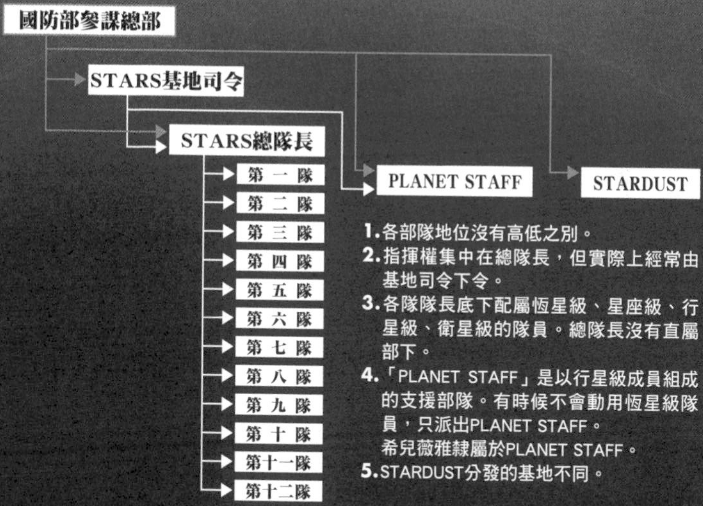

1. 各部隊地位沒有高低之別。
2. 指揮權集中在總隊長，但實際上經常由基地司令下令。
3. 各隊隊長底下配屬恆星級、星座級、行星級、衛星級的隊員。總隊長沒有直屬部下。
4. 「PLANET STAFF」是以行星級成員組成的支援部隊。有時候不會動用恆星級隊員，只派出PLANET STAFF。
   希兒薇雅隸屬於PLANET STAFF。
5. STARDUST分發的基地不同。

企圖暗殺總隊長安吉・希利鄔斯的隊員們

●亞歷山大・艾克圖魯斯

第三隊隊長。上尉。繼承相當純正的北美大陸原住民血統。
和雷谷魯斯並列為本次叛亂的主嫌。

●雅各・雷谷魯斯

第三隊一等星級隊員。中尉。擅長使用近似步槍的武裝演算裝置發射
高能量紅外線雷射彈「雷射狙擊」。

●夏綠蒂・貝格

第四隊隊長。上尉。比莉娜大十歲以上，卻因為階級不如莉娜而心懷不滿。
和莉娜相處得不太好。

●佐伊・斯琵卡

第四隊一等星級隊員。中尉。東洋血統的女性。使用的是投擲尖細力場的「分子切割投擲槍」，
堪稱「分子切割」的改編版。

●蕾拉・迪尼布

第四隊一等星級隊員。少尉。北歐血統的高䠷窈窕女性。
擅長短刀搭配手槍的複合攻擊。

魔法人聯社（Magian Company）

國際互助組織「魔法人協進會（Magian Society）」於二一〇〇年四月二十六日設立的一般社團法人，主要功能是以具體行動實現該協進會的目的——魔法資質擁有者的人權自衛。根據地設於日本的町田，由司波深雪擔任理事長，司波達也擔任常務理事。

成立已久的魔法協會也是類似的國際組織，不過魔法協會的主要目的是保護實用等級的魔法師，相對的，魔法人聯社是協助擁有魔法資質的人（無論在軍事上是否有用）開拓大顯身手的管道，屬於非營利法人。具體來說預定朝兩個方向拓展事業，分別是傳授魔法人實務知識的魔法師非軍事職業訓練事業，以及介紹工作使其一展長才的非軍事職業介紹事業。

FEHR

政治結社「Fighters for the Evolution of Human Race」（人類進化守護戰士）的簡稱。是在二〇九五年十二月為了對抗逐漸激進的「人類主義者」而設立。總部座落在溫哥華，代表人蕾娜．費爾別名「聖女」，擁有超凡的領袖氣質。和魔法人協進會一樣，該結社的目的是從反魔法主義的魔法師排斥運動保護魔法師的安全。

反應護甲

被前第十研驅逐的失數家系「十神」的魔法。是一種個體裝甲魔法，裝甲一受損就會重新建構，同時獲得「和受損原因相同種類的攻擊」的抵抗力。

FEIR

表面上和FEHR相同，是在USNA進行活動，為了保護同胞而對抗反魔法主義者的團體。然而實際上是鄙視無法使用魔法的人們，為了自身權利不惜動用暴力的魔法至上主義激進派集團。不為人知的正式名稱是「Fighters Against Inferior Race」。

進人類戰線

原本是被FEHR領袖蕾娜．費爾感化的日本人所設立的團體，目的是保護魔法師不被反魔法主義迫害。不同於反對訴諸暴力的FEHR，該團體認為如果政治或法律無意阻止魔法師遭受迫害，某種程度的違法行為是必要手段。創立時的首任領袖斷然發起的示威行動，使得該團體一度被迫解散，後來重新集結成為地下組織。名稱不是「新人類」而是「進人類」，反映該團體「魔法師不只是新世代的人類，更是進化後的人類」的自我意識。

聖遺物

擁有魔法性質的歐帕茲總稱。分別具備特有性質，長久以來就算使用現代技術也難以重現。出土地點遍布世界各地，包括阻礙魔法發動的「晶陽石」或是性質上可以儲存魔法式的「瓊勾玉聖遺物」等等，種類繁多。「瓊勾玉聖遺物」解析完畢之後，成功複製出可以儲存魔法式的聖遺物。人造聖遺物「儲魔具」成為恆星爐運作的系統核心。

成功製作人造聖遺物的現在，聖遺物依然有許多未解之謎，國防軍與國立魔法大學等機構持續進行研究。

The International Situation

二一〇〇年現在的世界情勢

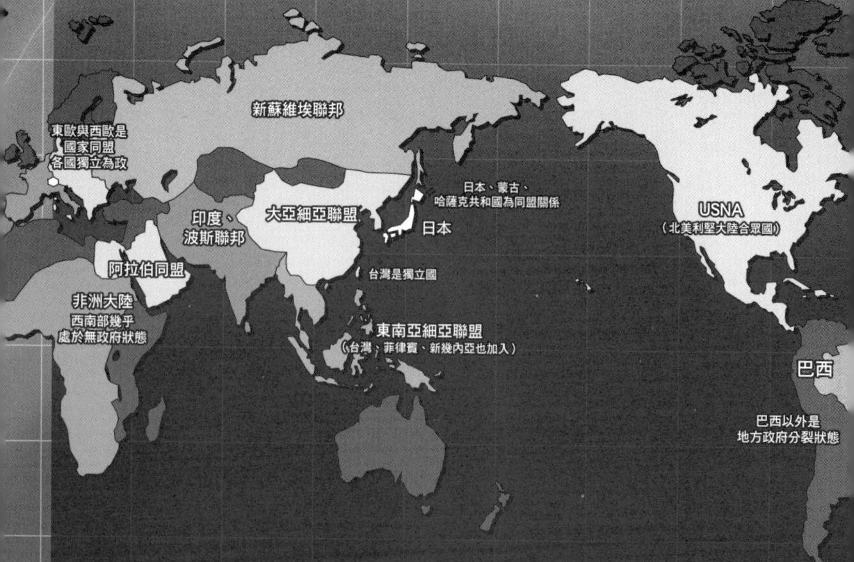

以全球寒冷化為直接契機的第三次世界大戰——二十年世界連續戰爭大幅改寫了世界地圖。世界現狀如下所述：

USA合併了加拿大以及墨西哥到巴拿馬等各國，組成北美利堅大陸合眾國（USNA）。

俄羅斯再度吸收烏克蘭與白俄羅斯，組成新蘇維埃聯邦（新蘇聯）。

中國征服緬甸北部、越南北部、寮國北部以及朝鮮半島，組成大亞細亞聯盟（大亞聯盟）。

印度與伊朗併吞中亞各國（土庫曼、烏茲別克、塔吉克、阿富汗）以及南亞各國（巴基斯坦、尼泊爾、不丹、孟加拉、斯里蘭卡），組成印度、波斯聯邦。

司波達也成就了個人對抗國家的偉業。二一〇〇年，斯里蘭卡在IPU與英國的承認之下獨立，在獨立的同時，魔法師國際互助組織「魔法人協進會」在該國創設總部。

亞洲阿拉伯其餘國家，分區締結軍事同盟，對抗新蘇聯、大亞聯盟以及印度、波斯聯邦三大國。

澳洲選擇實質鎖國。

歐洲整合失敗，以德國與法國為界分裂為東西兩側。東歐與西歐也沒能各自整合為單一國家，團結力不如戰前。

非洲各國半數完全消滅，倖存的國家也只能勉強維持都市周邊的統治權。

南美除了巴西，都處於地方政府各自為政的小國分立狀態。

【1】沙斯塔山

沙斯塔山。

座落於USNA加利福尼亞州北部和奧勒岡州的界線附近，海拔四千公尺級的火山。屬於喀斯喀特山脈，在該山脈是僅次於雷尼爾山的第二高峰，也是加利福尼亞州的第五高峰。

這裡自古以來就是原住民信仰對象的聖山。如今也是知名觀光勝地，同時是吸引神祕主義者關注的「能量景點」。在這個世紀初甚至有部分的神祕主義者相信這裡有史前文明的地底都市。

現在，十幾名異能者在這座沙斯塔山徘徊。

雖說是「徘徊」，但他們並不是迷路，是走遍山中尋找不知道是否存在的遺跡。

遠離觀光路徑，避人耳目採取行動的他們，是FAIR的調查隊。

FAIR——自稱是「Fighters for the Evolution of Human Race」（人類進化守護戰士）的魔法師選民思想激進派組織。雖然沒浮上檯面成為警方搜查的犯罪組織，卻被當局視為公民社會的潛在威脅而嚴加警戒。

事實上，FAIR半數以上的成員確實有前科，其餘成員也不排斥違法行為。

ＦＡＩＲ的目的是實現魔法師優位的社會。依照他們的信念，應該由身為優等種的魔法師統治無法使用魔法的劣等種。為了實現自身標榜的這個理想，沒必要遵守劣等種訂立的規則。組成ＦＡＩＲ的魔法師與異能者秉持這樣的立場。

ＦＡＩＲ副領袖蘿拉．西蒙率領的隊伍，正在尋找埋藏「聖遺物」的遺跡。

在現代的魔法相關人士之間，「聖遺物」意味著擁有魔法效果，而且該效果無法以現代技術實現的出土物品。蘿拉等人尋求的聖遺物，是用來實現他們心目中「優等種社會」的武器。

但是沒有任何資料顯示沙斯塔山埋藏著聖遺物，唯一的根據只有蘿拉的靈感。即使如此，進行探索的隊員也沒發出不平的聲音。

任命蘿拉擔任探索隊隊長的是ＦＡＩＲ領袖洛基．狄恩，某方面來說是他的威嚴壓制不滿聲浪，但原因不只如此。對於身為魔法師或是異能者的隊員們來說，蘿拉的靈感足以成為根據。

蘿拉．西蒙是「魔女」。在二十一世紀末的現在，「魔女」在古式魔法研究的領域被認為是一種「巫師」。

魔女和巫師一樣擁有被動的預知能力。一般形容為「神託」或是「預言」，不可能以五感接收的情報會流入魔女體內。不像占術那樣積極取得特定情報，是不用做任何事就從某處注入，連當事人都無法控制，不屬於自己的知識。

ＦＡＩＲ這次搜索沙斯塔山就是基於這種魔女的異能，也就是基於蘿拉的被動預知所進行。

而且探索隊成員都清楚知道蘿拉千真萬確是魔女，也知道她被動預知的準確度以及「魔女術」的恐怖。尤其是她的對人攻擊能力，眾人不久之前才親眼目擊。

所以隊員不認為這次的探索是毫無根據的荒唐行為，即使懷疑成功與否也沒人敢違抗蘿拉。

FAIR的探索隊，如今停留在森林裡自然形成的小小空地。

蘿拉面前是一男一女。蘿拉朝他們投以冰冷視線，兩人低著頭。

「看來你們放任蕾娜・費爾的走狗逃走了。」

大約一小時前，蘿拉察覺FEHR的副領袖路易・魯在監視他們，使用名為「寄生木之矢」的古式魔法攻擊，然後派這兩人去逮捕受傷的路易・魯。

「對……對不起，西蒙小姐。」

男性臉色蒼白擠出謝罪的話語。另一人不發一語，就這麼低著頭不敢和蘿拉視線相對。

「既然逃掉就沒辦法了。」

蘿拉沒嘆氣，而是平淡這麼說。

「只不過，我不想受到更多干擾。接下來要嚴加警戒不可怠慢，不只是FEHR，任何人都不准靠近。明白了嗎？」

「謹遵吩咐！」

「遵命！」

兩人像是要逃離蘿拉的視線般後退。

「你們也去負責警戒。」

蘿拉移動視線指示另外兩人。

「是！」

「遵命。」

接到蘿拉命令的兩名男性回應之後離開隊伍，剛才被罵的一男一女往右，後來的兩人往左，四人消失在密林後方。

◇◇◇

蘿拉率領的探索隊，目的是要盜挖埋藏的遺物。ＦＡＩＲ還沒準備好對抗政府當局，所以是暗中進行探索。

直到這一天，蘿拉他們都是入夜就下山住進廉價旅館。一般認為晚上比較不會引人注意，但是在夜晚探索會受到黑暗的阻礙。

只要使用夜視、透視的術式或特異能力，就可以和白天一樣進行探索。不過說來遺憾，以現在ＦＡＩＲ的陣容，無法只以這種魔法師或是異能者組成探索隊。

若是無法完全依賴魔法與異能，照明就不可或缺。光線在夜晚的山中很顯眼，眾人害怕這一點所以避免在晚上探索。

但是在這一天，ＦＥＨＲ副領袖受傷逃走的隔天夜晚。蘿拉讓其他成員回到旅館，獨自位於沙斯塔山一處群樹環繞的小溪畔。

雖說是六月上旬，山上的夜晚還是很冷。即使如此，她依然只穿一件單薄的衣物。一件及踝無袖的輕薄連身裙。連內衣褲都沒穿，真的是只穿一件單薄衣物。

天空無雲，但今天是新月，也沒有生火，照亮蘿拉的只有從頭頂林木間些許縫隙灑落的微弱星光。在這股黑暗中，蘿拉只以自己的小小腳步聲為伴奏起舞。

不是如同和晚風嬉戲的輕盈舞步。

是趴在地面擁抱土壤般的舞蹈。

不是追求天上光輝的舞步，是和大地黑暗同化的舞蹈。

蘿拉以壓低重心的姿勢再三旋轉。

雙膝跪地，上半身大幅向後仰，倒臥在大地。

維持這個姿勢，身體劇烈顫抖。

剛開始很細微。

後來頭部與上半身頻頻彈跳。

時間經過十秒，二十秒，在經過一分鐘的時候，蘿拉的痙攣平息了。

她無力地仰躺著。

「小瀑布的後面嗎……」胸口虛弱起伏的她輕聲說。

◇　◇　◇

六月中旬某日，溫哥華。

一週前因為副領袖受傷的消息而驚慌的ＦＥＨＲ總部，今天迎來一名亮褐色頭髮的年輕女性來訪。東亞血統的臉蛋與其說年輕更給人年幼的印象，不過依照對方事務所提供的資料，她的實際年齡超過三十歲。

姣好的身材和娃娃臉不搭。雖然充滿女性魅力，看起來卻不適合處理火爆場面。

不過這名女性是私家偵探，她來自ＦＥＨＲ領袖蕾娜・費爾當成左右手依賴的前ＦＢＩ調查官夏綠蒂・甘格農認同其實力的私立偵探事務所，認為最適合負責本次委託內容而派來的。

名字是露卡・菲爾茲。不過這應該是假名。雖然是直覺的印象，但蕾娜這麼覺得。她看起來不只是擁有東亞血統，甚至完全是東亞人，大概是日本人吧。到頭來「露卡」一般來說是男性的名字。蕾娜聽同伴遠上遼介說過，這個名字在日本是當成女性的名字使用。

「費爾小姐，很榮幸見到您。」

露卡（自稱）要求握手，蕾娜回應「這是我要說的」握住她伸過來的右手回應。

「事不宜遲，方便說明工作細節嗎？聽說是監視的工作，請問是身家調查的委託嗎？」

露卡依序和蕾娜與夏綠蒂打招呼之後，向蕾娜詢問委託內容。

蕾娜他們這邊也對於省略不必要的寒暄沒有異議。

「就某種意義來說是身家調查。」

回答露卡這個問題的是夏綠蒂。

「不過對象不是個人，是組織。」

「暗中調查犯罪組織嗎？」

主動說出「犯罪組織」這個詞的露卡面不改色。看起來也不像是在逞強。或許她一反溫和的外貌，在這方面擁有豐富的經驗。

「妳知道舊金山的『ＦＡＩＲ』這個團體嗎？」

對於露卡的疑問，夏綠蒂回以這個問題。

「為了對抗反魔法主義而組成的激進派，是潛在的魔法師犯罪者組織。」

露卡流利回答。

「您要委託調查ＦＡＩＲ嗎？」

然後她補充這句話。

「ＦＡＩＲ派遣十人左右的小隊前往沙斯塔山。我們擔心他們可能是要盜挖埋藏物。」

「盜挖埋藏物……是想要挖出聖遺物嗎？」

露卡的語氣並非當真。聽起來像是半開玩笑說出「聖遺物」這個詞。

「我們認為這就是他們的目標。」

對此，蕾娜以嚴肅表情回應。

「……看來是認真的。」

露卡困惑的時間很短。

「所以呢？妨礙ＦＡＩＲ盜挖就好嗎？還是您想搶走他們挖到的聖遺物？」

然後她這麼問。

蕾娜搖了搖頭。

「我想請妳監視他們。」

「請問是怎麼回事？」

和字面相反，露卡的語氣沒有意外感。妨礙就算了，應該不會要求硬搶。露卡原本或許這麼認為。

「請妳監視ＦＡＩＲ，如果有違法行為就記錄下來。必須是足以讓司法當局出動的程度。」

「原來如此。」

聽完蕾娜的回答，露卡感到認同般點點頭。

「立刻著手進行比較好嗎？」

露卡沒問蕾娜——FEHR這麼做的動機。

「……是的。可以的話盡快。FAIR的小隊上山至今已經一週以上了。」

「但是很危險喔。」

露卡給出最後的答覆之前，夏綠蒂如此提醒。

「我們在委託妳之前派了同伴過去，他受了不輕的傷回來。」

「是擁有執照的魔法師嗎？」

即使聽到有人受傷的事實，也看不出露卡有半點慌張。她制式化如此詢問。

夏綠蒂點頭說「是的」回應這個問題。

「方便請教執照等級嗎？」

「C級，不過追蹤與偵察相關的能力匹敵A級。」

「這樣啊。」

即使得知執照等級沒反映真正實力，露卡看起來也沒懷疑這個說法。

「知道是何種攻擊造成的傷嗎？」

「……說來遺憾，不知道。」

蕾娜表情一沉。

「不過我認為，恐怕是FAIR副領袖蘿拉・西蒙使用魔女術的攻擊……」

「魔女術……古式魔法的一種吧。總之，應該有辦法應付。」

從露卡這段話感覺不到傲慢或倔強，聽起來也不像是對自己的本事擁有堅定的自信。

露卡像是置身事外般這麼說完，從包包取出文件。

「我接受委託。可以請您在這裡簽名嗎？」

蕾娜以難掩困惑的表情，接下露卡遞出的合約書。

◇◇◇

六月下旬，加利福尼亞州的沙斯塔三一國家森林。

「露卡・菲爾茲」小野遙，以內建錄影功能的攜帶式望遠鏡觀察林間。

蕾娜・費爾猜的沒錯，「露卡・菲爾茲」是假名，實際上是日本人，檯面上的身分是國立魔法大學附設第一高中的前輔導老師，檯面下的身分是警察省公安廳非正規諜報員——小野遙。

只不過，這兩者都是她以前的身分。

她如今使用假名在美國擔任私家偵探，是昔日檯面下的身分導致的。

大約兩年前，日本諜報機構爆發嚴重的內鬥。「公安」（警察省公安廳）與「內情」（內閣府情報管理局）這兩個非軍事部門，因應組織擴大的方針而產生嚴重對立。

「內情」企圖活用罪犯擔任非正式諜報員強化諜報能力，「公安」堅決反對吸收罪犯加入。考慮到諜報活動大半都是鑽漏洞或非法的行為，會覺得「公安」的態度相當矛盾。但是「公安」從創始時期就是警界人士偏多的組織，即使容忍「內情」利用罪犯，再怎麼樣也無法接受組織被罪犯利用的可能性。

「內情」與「公安」的對立，甚至嚴重到雙方採取實際行動。用來抓住對方把柄的間諜行為，很快演變成剝奪對方兵力的鬥爭行為。

之所以只發生零星命案，應該是彼此勉強自制的結果。然而接連不斷有人受到重傷。被逼到身體功能出現缺損的人，從組織成員的比例來看也不在少數。

成為下手目標的是非正規的諜報員——像是小野遙這樣的人。

在生命危險進逼到身邊時，遙決定脫逃。

她原本就不是自願成為諜報員。不是半強迫，而是幾乎屈服於威脅而被「公安」僱用。

她始終將輔導老師當成自己的正職，經常想辭去諜報員的工作。置身於可能因為內鬨而喪命的狀況，她再怎麼翻找內心各處，都再也找不到繼續做這份工作的熱誠。

只不過，她多年擔任「公安」的非正規暨非法諜報員，得知許多不可告人的祕密，多到用雙手的手指都數不完，甚至加上雙腳的腳趾還數不完。不可能平安無事成功遞出辭呈。

她在這時候採用的選項是脫逃。然而辭呈明明沒有圓滿受理。組織不可能視而不見放任她脫逃。

遙是BS魔法師——先天的特異魔法技能者。特異能力是阻礙別人認知她自己。遙在「逃」與「躲」這方面是在「公安」內部……不對，是在日本全國首屈一指的特異能力者。

然而，遙面對的是國家組織，她沒自信能夠成功脫逃。她沒有這麼過度信任自己天生的特異魔法——也就是異能。

遙在某段時期拜「忍術使」九重八雲為師。她依賴了這段緣分。

這個決定是正確的。不過雖然順利離開日本逃到美國，這個國家卻沒有輔導老師的工作。說來遺憾，她擔任輔導老師的技術與資歷在美國不被承認。結果她就像這樣依賴自己的特異能力討生活。

私家偵探這份工作絕非遙的本意，但是回到日本（可能）會有生命危險，她以這份危機意識當成原動力認真投入工作。這次她也是默默在山林裡進行跟蹤與偷拍這種苦差事。

以九名男性、四名女性組成的FAIR探索隊，帶著小型的鏟子或鐵鎬溯溪而上。要是就這麼繼續往前走，數分鐘後將會抵達一座鮮為人知的小規模瀑布。明明沒什麼知名度，遙卻知道這座瀑布的原因，在於ＦＡＩＲ並非在這天第一次前往那座瀑布。

昨天，他們扛著大型工具進入瀑布後方。

然後立刻一副意氣消沉的模樣返回。

大概是瀑布後方有洞窟之類的空間，但是過於狹窄不方便揮動長柄工具。

他們應該是一發現埋藏地點就想要著手開挖，但是遙不想笑他們漫無計畫。盜挖本來就要避人耳目，肯定會想要盡快完工。

昨晚，探索隊回去之後，遙試著進入瀑布後方。對方留下兩人把風，卻沒發現遙。

瀑布後方有個狹窄的洞窟張開洞口。大約是標準日本人女性體型的遙勉強可以兩人並肩行走的程度。正如預料，沒有能讓人高舉十字鎬的空間。

雖然沒使用可見光照明，只以紅外線瞄準器觀察，不過洞窟沒有人工挖鑿的形跡。

然而，這裡有某種東西。

遙有這種感覺。

說來可惜，以她的知覺無法得知埋藏在內部的是不是聖遺物。

但是唯一能確認的是ＦＡＩＲ想從這個洞窟拿走某種東西。

遙昨晚在洞窟頂部安裝了感應到有人經過就會開啟的獨立式超小型監視器。錄影時間是八小時。能否拍到盜挖現場的機率是一半一半。不過即使她再怎麼對隱形有自信，也沒有勇氣和目標對象一起進入狹窄的洞窟。

——昨晚只安裝監視器之後，遙不是在瀑布等待FAIR的探索隊，而是從車道開始跟蹤。這個行動是預防他們的目的地可能不是那座瀑布後方的洞窟，不過看來昨晚的準備沒有白費。

就算這麼說也不能安心。也可能突然更改目的地。遙提高警覺繼續追蹤FAIR的部隊。

◇◇◇

蘿拉率領的FAIR調查隊在小瀑布前方停下腳步。

不是摩斯布瑞瀑布或海吉溪瀑布這種觀光景點。是遠離觀光路線與健行路線的小規模瀑布。地圖也沒記載瀑布名稱，甚至覺得反而是故意隱藏的。

或許是使用和現代魔法學不同體系的非物理技術隱藏至今。周圍毫無人影到令人這麼懷疑，而且也沒有任何人出入的形跡。他們就是位於這樣的場所。

蘿拉率先走進瀑布後方。該處隱藏著寬度勉強能讓兩名成年女性並肩行走的洞窟。雖然高度足夠，但是上方又尖又細，與其說是「洞窟」或許更適合形容為「龜裂」。

她一邊緩步前進，一邊操作手電筒照亮岩壁各處，走到七、八公尺的深處時停下腳步。

「挖這裡。」

聽到蘿拉的指示，女性探索隊員快步入內，站在手電筒照亮的位置前方。

蘿拉將手電筒交給女性隊員，取而代之走出洞窟。

兩名男性隊員進入洞窟。一人拿著鐵鎬，另一人拿著鏟子與水桶。其中一人應該是負責搬出砂土。實際上在蘿拉的監視之下，一名男性隊員提著水桶走出洞窟，然後另一名男性同樣拿著鏟子與水桶入內。

同樣的程序重複好幾次，不久之後，剛才拿鐵鎬的男性也換人了。

持續挖掘大約半天之後，負責照明、挖掘與搬運的三人一起從瀑布後方走出來。

「找到了嗎？」

聽到蘿拉的詢問，負責照明的女性隊員遞出一塊尺寸能以雙手掌握的石板。

「請問是這個嗎？」

蘿拉接過這塊紅褐色的石板，注視十幾秒。

「……不是。」

「這……這樣啊，非常抱歉！」

不只是拿著出土物過來的女性，一起走出洞窟的男性成員也臉色蒼白拚命低頭道歉。他們畏懼的模樣無法只以組織內部的階級關係來說明。

不過幸好沒演變成他們害怕的結果。

「……我不認為立刻就找得到。今天就此撤退吧。」

蘿拉說完之後，就這麼拿著石板快步走向下山路線。

不只是剛才在她面前發抖的三人，其他成員也一樣露出鬆一口氣的表情跟在蘿拉身後。

◇◇◇

看不見ＦＡＩＲ的身影之後，屏息已久的遙吐出長長的一口氣。肩膀頓時變輕。看來自己不知不覺朝肩膀使力了。她如此心想。

依照剛才以收音麥克風偷聽他們交談的內容，今天的盜挖似乎失敗了。話是這麼說，挖到的埋藏物還是帶走了。雖然不知道是否有文化上的價值，不過這裡確實是國有地，埋藏物肯定要歸國家所有。光是拿剛才拍攝的影片與錄音檔就可以問罪吧。

只不過，依照那塊出土石板的價值，不一定會成為重罪。遙認為這樣很難判定能否滿足委託人的要求。而且他們說明天也會來挖。肯定會一直挖到找出他們想要的東西。

必須向委託人確認是否要繼續調查——如此心想的遙，總之先前往瀑布後方更換洞窟裡安裝的監視器。

【2】來自日本的使者

六月二十六日下午（當地時間），溫哥華國際機場。

「這裡就是美國啊……」

從東京國際機場（正式名稱是東京灣海上國際機場，日本國內通稱為羽田機場，不過在國際稱為東京國際機場(Tokyo International Airport)）起飛的直達班機抵達之後，一名年輕女性乘客剛下機就以充滿情感的語氣輕聲這麼說。

沒有當地居民責備她這段自言自語。這座都市在戰前是加拿大領土，不過現在反倒是沒被當成美國才會令眾人表示不悅。

「現在還在機場裡，應該和羽田沒什麼兩樣吧？」

對她的這段吐槽來自同行者。兩人是年齡相同的同性，都擁有鮮少有機會目睹的美貌。不過輕聲嘆息的前者是優雅的女性氣息，吐槽的後者是英挺的中性氣息。兩人給人的印象就像這樣成為對比。

「什麼嘛，真是掃興。摩利也是第一次離開日本吧？因為妳是魔法師，是Magist。」

「我不太習慣『Magist』這個名稱……不對，不提這個。我確實也是第一次出國，但我和真由美妳不一樣，正在執行任務。不能像是來到城市的鄉巴佬一樣興奮。」

這兩人是七草真由美與渡邊摩利。如真由美所說，兩人都是魔法師。

她們這樣的高階魔法師，至今都以強迫自制的形式被禁止前往國外。但是命令真由美赴美的上司波達也，以他超越所有戰略兵器的魔法向政府施壓，讓政府准許真由美出國。至於摩利是被所屬的國防軍獨立魔裝聯隊司令官下令以護衛身分和真由美同行。

「說什麼鄉巴佬，沒禮貌。」

真由美以有所不滿半閉雙眼的眼神——所謂的「白眼」看向摩利。

「剛才的真由美完全是這種人喔。」

摩利以傻眼表情回應。

「沒那種事。我只是率直承認內心的感動。如果總是擺出掃興態度，很快就會變老。」

「一直都自以為是少女的話，這輩子就白活了。」

「當妳說出『這輩子就白活了』這種話，就證明妳快要變成老太婆了。」

「老太……」

險惡的空氣在真由美與摩利之間流動。

「……開始引人注目了。差不多該移動了吧？」

她們並不是雙人行。另一名同行者遠上遼介以懇求的語氣插嘴。

「……不好意思。說得也是。」

「……知道了。我們走吧。」

真由美與摩利不好意思般回應。

三人開始走向計程車搭乘站的下一瞬間……

「遼介。」

入境大廳不遠處傳來一道呼叫遼介的聲音。

「Milady！」

遼介的聲音有著意外感，臉上有著喜色。

他留下真由美等人，跑向聲音來源。

以笑容等待遼介的是ＦＥＨＲ的代表——蕾娜・費爾。

「您怎麼在這裡？」

「我向一位叫做藤林的小姐請教各位預定抵達的時間。」

對於遼介的詢問，蕾娜不只是向他一個人回答。稍微加大音量慢慢說出的這段話，也是對快步追著遼介過來的真由美與摩利進行說明。

「所以Milady專程跑這一趟嗎？」

「我只是坐在副駕駛座而已。」

蕾娜看向自己的左側。

「……甘格農小姐，好久不見。」

視線被引導之後，遼介終於察覺到站在蕾娜身旁的夏綠蒂・甘格農。

「先生，你還是老樣子。」

夏綠蒂露出傻眼加溫馨的苦笑。只不過在FEHR的成員之中，並非只有遼介會上演「眼裡只有蕾娜」這種失態，尤其在男性成員之間沒什麼好稀奇的。

「謝謝您前來迎接。我是魔法人聯社的七草真由美。」

此時真由美加入對話，向蕾娜與夏綠蒂打招呼。

「初次見面。我是擔任FEHR代表的蕾娜・費爾。」

將注意力分配在自家人對話的蕾娜，臉上瞬間掠過一絲狼狽。但是這份狼狽立刻消失，她以沉穩的笑容向真由美打招呼回應。

和容貌不符的成熟態度成為反差，為真由美帶來困惑。但在這份困惑反映在臉上之前，真由美想起蕾娜的實際年齡。

她的實際年齡是三十歲。

不過蕾娜的外表怎麼看都覺得只有十六七歲。

「我是FEHR的法律顧問夏綠蒂．甘格農。」

「費爾小姐、甘格農小姐，請兩位多多指教。」

真由美克制突兀感，正常和兩人握手。

繼真由美之後，摩利沒隱瞞軍人身分向兩人打招呼。

見面問候之後，真由美等三人搭乘夏綠蒂駕駛的車子前往溫哥華郊外的FEHR總部。

稍微超過預定時間抵達溫哥華的現在這個時段還算是早上，要到飯店登記入住還太早。原本預定要在機場搭計程車前往FEHR總部，所以對於真由美來說，蕾娜與夏綠蒂開車來迎接算是幫了大忙——不過遼介頻頻感到惶恐。

到時候也會以同一輛車送兩人到飯店，所以真由美只拿著文件包，摩利只拿著偏大的手提包下車。話說摩利的這個手提包，有一把不會被金屬探測器或是透視檢查裝置發現的小型手槍以分解狀態藏在裡面。

真由美等人現在被帶進像是會議室的房間。桌椅都重視實用性，實在不像是會客用的款式。或許這個FEHR總部沒有會客室之類的房間。

「七草小姐。您本次的訪問，就我所知是要傳達一些訊息給我。」

蕾娜隔著擺放紅茶的桌子和真由美寒暄，然後以這句話進入正題。

「應該不只是要傳達訊息吧？不然寄電子郵件就夠了。」

「您說得沒錯。」

蕾娜這番話很中肯，所以真由美率直承認。

「方便請教真正的目的嗎？」

「不好意思，我無法回答。」

「……這樣啊。」

「請別誤會。我不是在隱瞞，是因為連我都沒理解。」

「您的意思是？」

反問的是夏綠蒂。蕾娜頭上也浮現好幾個看不見的問號。

「司波先生給我的指示是——」

真由美以「司波先生」稱呼達也。無須多說也知道是為了和深雪做區別。真由美在國內是將達也稱為「司波常務」，將深雪稱為「司波代表」做區別，但她認為在美國應該沒人知道這種細節。

「——確認你們ＦＥＨＲ是否有意願和魔法人協進會交涉合作事宜。」

「如果只是這件事……」

就沒必要專程來到溫哥華一趟。蕾娜應該是想這麼說吧。

「原來如此。」

但是夏綠蒂偶然打斷這句話。

「司波先生是要派您過來看透我們吧？」

「我不知道。」

對於夏綠蒂的推測，真由美重複做出和剛才相同意思的回應。

不是在掩飾。若問達也是否這麼信賴真由美的判斷，真由美沒有自信。

「我只是負責將你們對於合作的想法帶回日本。」

「……這邊確實收到訊息了。」

蕾娜注視真由美數秒之後這麼說。

「請給我一天的時間，不，請等到後天。我想和大家談談。」

「當然沒問題。」

真由美點頭答應蕾娜的要求。

「那麼後天……我方便幾點過來？」

然後她如此反問。

「那麼，下午三點如何？」

「知道了。我後天三點再來打擾。」

「好的，恭候您的來臨。」

所有人一齊起身，真由美和蕾娜、夏綠蒂握手致意。

遼介從會議開始就一直注視蕾娜，但是到最後完全沒在場中開口。

蕾娜與夏綠蒂送兩人到門口的途中，真由美與摩利巧遇一名懷念的人物。

「小野老師……？」

「七草同學？還有渡邊同學……？」

真由美她們再度遇見的人物，是曾經在她們母校第一高中擔任輔導老師的小野遙。

雖說懷念，但也沒那麼親密。即使如此，至少也是久違見面時不能無視於彼此的交情。

「妳們認識嗎？」

這段對話是以日語進行的，使得夏綠蒂疑惑插話詢問。

「是的，這位曾經在我們就讀的高中擔任輔導老師。」

摩利回答了她的問題。

「哇！那麼這邊會提供房間，三位要不要喝杯茶？」

蕾娜笑盈盈建議真由美與摩利留下來敘舊。

「咦，可是……」

真由美看向遼介。

「這段時間，由我們負責應付遠上先生。」

看見真由美的猶豫，夏綠蒂如此提案。

真由美也立刻明白，她的目的是要回收遼介在日本得到的情報。

「這樣啊。那我就恭敬不如從命了。」

真由美明知如此還是接受夏綠蒂的邀請。

「Milady，剛才的女性是什麼人？」

移動到蕾娜的辦公室之後，首先開口的是遼介。

「看起來是普通人，應該不是我們的同伴吧？」

遼介所說的「普通人」當然是指沒有魔法資質的人。現在的真由美會效法達也稱之為「多數派」，但是遼介不像她那麼受到達也的影響。

「不需要提防她。」

夏綠蒂安撫遼介。遼介之所以使用著急的語氣發問，是因為懷疑那名女性可能是和組織為敵的特務。

「她是私家偵探露卡．菲爾茲。看來名字果然是假的，不過身分是真的。」

「偵探嗎……？」

「是的。隸屬於我在調查官時代交情很好的偵探事務所。」

遼介沒隱藏自己的猜疑心，但是得知對方是夏綠蒂在ＦＢＩ時期的合作夥伴派遣的人員，他暫且在態度上收起戒心。

「發生了需要偵探協助的麻煩事嗎？」

「我先前說過吧？就是ＦＡＩＲ在沙斯塔山鬼鬼祟祟的那件事。」

這裡說的「先前」是大約一個月之前。蕾娜使用「星幽體投射」出現在伊豆的遼介面前，提到ＦＡＩＲ要派遣組織成員出動。

「ＦＡＩＲ那些傢伙闖了什麼禍嗎？果然是為了聖遺物？」

「他們確實想要挖掘遺跡，但是還不知道目的何在。我僱用偵探就是為了調查。」

「挖掘遺跡！這明顯是犯罪吧？」

「那一帶是國有地，所以盜挖是犯罪。」

夏綠蒂點頭同意遼介的話語。

「為了掌握ＦＡＩＲ犯法的證據，我們大約十天前就請她調查，而且她似乎回應期待掌握了某些線索。」

然後夏綠蒂如此補充。

「——Milady。」

「……遼介，什麼事？看你一臉想不開的樣子。」

蕾娜以稍微不敢接近的笑容反問。

「也可以讓我幫忙嗎？」

「幫忙監視沙斯塔山的FAIR？」

遼介用力點頭。表情看起來過度使力。

「不可以。」

蕾娜毫不猶豫回絕他的要求。

「為什麼？」

雖然語氣沒有變凶，但是遼介的聲音又低又沉重。

「因為有危險。」

蕾娜沒害怕，以符合實際年齡的沉穩態度回答這個問題。

「僱用菲爾茲小姐之前，我派遣路易前往沙斯塔山。但他在掌握犯罪證據之前被發現而受傷回來。雖然不是重傷，傷勢卻也不輕。」

大概是想起當時的事，蕾娜表情僵硬。

「路易嗎？」

遼介也很清楚路易・魯的戰鬥力。雖然遼介用對戰法並不是打不贏，但是總合戰力肯定是對方比較強。副領袖路易・魯是遼介如此認同的男性。

遼介想要協助調查ＦＡＩＲ的這個要求，不是基於什麼深入的想法。想成為蕾娜助力的這份心意高漲，使得他一時衝動，或者可以說是一時發作，就這麼被盲目的使命感附身。

大概是情緒在吃驚之後多少冷卻下來，遼介臉上想不開的表情逐漸淡化。

「而且我希望遼介繼續擔任我和司波先生的溝通管道。」

蕾娜如此告知時，辦公室的門被敲響。

蕾娜不等遼介回答就說聲「請進」應門。

「七草小姐她們談完了。」

一名成員開門在房外報告之後，蕾娜回應「我知道了」起身要去送行。

遼介也隨即跟在蕾娜身後。

「我會遵照Milady的命令擔任連絡人。」

他向蕾娜這麼說完，拿起剛才帶進這個房間的旅行包。

◇　◇　◇

送真由美、摩利與遼介離開之後，蕾娜帶著夏綠蒂一起在會議室和遙面對面。

「……ＦＡＩＲ確實正在盜挖是吧。」

「請看這個。」

遙將數張照片遞給蕾娜。是從拍攝的影片擷取下來的。

照片上是拿著鐵鎬挖掘洞窟內部壁面的男性、從瀑布後方走出來的男女，以及接過一塊小石板的蘿拉身影。

「……夏莉，妳認為呢？」

蕾娜每看完一張照片就拿給夏綠蒂，在遞出最後一張的同時詢問她。

照片上的蘿拉正在注視石板，夏綠蒂看著照片回答「這些證據應該足夠告發了」。

「……只不過，我心想是否只要向警方告發就好。」

然後她補充這句話。

「我原本是這麼預定的……但我明白妳的意思。」

其實蕾娜也在意ＦＡＩＲ的目的。

她們從瀑布後方洞窟挖出來的埋藏物是石板。雖然好像不是原本的目標，不過既然成員將出土的物品拿給蘿拉，那他們肯定是想得到某種石板外型的物品。

這個物品到底是什麼？

是石板本身隱含聖遺物的能力？還是寫在石板上的知識有價值？

這次的影像證據或許可以暫時拘禁蘿拉・西蒙。但她是ＦＡＩＲ的副領袖。雖然對於組織來說肯定是重要人物，卻不是領袖。如果只是逮捕她，應該無法重挫ＦＡＩＲ的企圖。

蕾娜沒有預知能力。然而這時候的她有種近似確信的預感。

這樣下去會演變成天大的事件……她有這樣的預感。

無從保證只要ＦＥＨＲ介入——只要自己介入，就能預防這個「天大的事件」。說不定會害得事態更加惡化。

然而即使可能招致破滅，也不該坐視ＦＡＩＲ繼續暗中搞鬼。蕾娜下定決心了。

「要繼續監視嗎？」

剛好在這個時間點，遙詢問蕾娜今後的方針。

「麻煩您了。」

蕾娜回應之後，看向坐在身旁的夏綠蒂。

「可以的話，我想接收ＦＡＩＲ挖出來的真正目標。」

這是在詢問是否能採用接收（＝硬搶）的方針，能採用的話要派遣誰負責。

「……要不要找路易商量看看？」

夏綠蒂的回答是准許蕾娜使用接收的方針。並且推薦由副領袖路易・魯執行。

「路易的傷才剛好啊？」

「可是考慮到任務的性質，我們的成員當中最適合的人選是他。」

「……說得也是。」

蕾娜苦惱到最後點點頭。

然後她再度看向遙。

「菲爾茲小姐，可以請您和夏莉在這個房間等一下嗎？」

等待遙點頭回應「好的，沒問題」之後，蕾娜起身離開會議室。

蕾娜大約在十五分鐘後出現在會議室。

她回來的時候不只一人，還有一名三十歲左右的黑人男性陪同。

「菲爾茲小姐，為您介紹，這位是敝團體的副領袖路易．魯。」

蕾娜介紹之後，遙與路易相互進行自我介紹並且握手。

「菲爾茲小姐，今後的調查我想讓路易同行，請問您不介意嗎？」

對於蕾娜的要求，遙沒有很驚訝。大概是在蕾娜介紹路易的時間點就猜到這種展開吧。

「我只有一個條件。」

這句話感覺也是預先準備的。

「請說。」

「需要逃走的時候，我會單獨行動。如果可以的話就沒問題。」

出乎意料的條件，使得蕾娜與夏綠蒂同時睜大雙眼。

不過只有路易保持平靜。

「意思是會把累贅割捨掉嗎？」

路易這句話沒有挖苦，是平淡確認真意的語氣。

「如果是單獨行動，無論對方有多少人，只要沒使用大規模殺傷性武器，我都能順利逃離。另一方面，我幾乎沒有戰鬥力，無力拯救自己以外的任何人。」

「這就是您的能力嗎？」

「是我的特性。」

遙回答路易時的語氣有點自嘲。

她說自己幾乎沒有戰鬥能力不是謙虛，是事實。以她能力的性質來看，要從死角悄悄接近進行暗殺應該難不倒她。基於這層意義，至少她不是完全沒有戰鬥力。

不過在遭受多數敵人包圍的狀況下，她沒有能力協助己方逃離。

自己只能拋棄同伴逃走……

成為遙逃離日本原因的那場騷動之中，她實際嘗受到這股無力感，是心中無法痊癒的傷痛。

大概是從她的語氣感受到沉重的心理創傷，不只是路易，蕾娜與夏綠蒂也沒有繼續深入追問遙提出的這個條件。

「那麼，我接受這個條件。」

路易如此回答之後，確定他也會一同參與監視任務。

◇　◇　◇

當天夜晚，來自日本的運輸機降落在華盛頓州的費爾柴德空軍基地。

走下舷梯來到停機坪的女性軍官，吸引正在跑道待命的軍人視線。她的華美容貌確實擁有引人注目的條件。

確實盤好的頭髮在不夠亮的照明之中依然反射金光。要是她在太陽底下解開頭髮，隨風飄揚的金髮應該會散發燦爛的光輝吧。

她的魅力不只是那頭亮麗的金髮。藍寶石色的雙眼更是吸引目光，以「絕世美女」形容她的美貌一點都不誇張。

外貌工整到不像是人類。即使如此，看起來也不像是人造物，原因應該在於她全身洋溢的生氣、活力與陽性氣場。如果她不是人類，那麼她不會是人偶之類的人造物，肯定是戰爭女神(Athena)或狩獵女神的眷屬。

一名三十歲左右的男性軍官，跑到這名女性軍官面前敬禮。

「總隊長閣下，好久不見。」

男性軍官在敬禮的同時這麼說。

「好久不見，哈迪。不過，我已經不是總隊長了。」

身穿USNA聯邦軍中校軍服的莉娜，在答禮的同時如此回應這名男性軍官——拉爾夫・哈迪・瑪法克上尉。

「你晉升上尉了啊。」

哈迪親自駕駛的車輛起步之後，莉娜向他搭話。

「是的，託您的福。」

莉娜逃亡到日本之前，在USNA軍統合參謀總部直屬魔法師部隊「STARS」擔任總隊長，拉爾夫・哈迪・瑪法克是該部隊的恆星級隊員。只從部隊章來看，他現在也隸屬於STARS。

莉娜還在STARS的時候，瑪法克是少尉。看來他短短三年就晉升到上尉。

莉娜也聽說過，當年成為她逃亡原因的寄生物叛亂事件，導致STARS出現大量空缺。瑪法克的晉升或許受到這個事件的影響。

若是如此，那麼瑪法克的升遷可說是包括了「託莉娜的福」這個要素。

「我什麼都沒做喔。」

但是當時逃離美國的時候為他添了麻煩。自覺這一點的莉娜發自內心這麼回應。

「不提這個，在這個時間還有班機飛往溫哥華嗎？」

而且即使是自己先提到這件事，莉娜也立刻改變話題。

他們現在離開空軍基地，正要前往距離最近的機場——斯波坎國際機場。時間是晚間八點多。雖說和斯波坎的直線距離只有五公里左右，要是從現在開始辦理登機手續，起飛時間應該會將近晚間九點吧。

即使是二十四小時體制的國際機場，會有客機在這種時間起飛嗎？斯波坎到溫哥華的距離不到五百公里。正因為不是國際線而是短程國內線，所以莉娜擔心是否有班機在這種時間營運。

「沒問題。要趕上末班機綽綽有餘。因為班機延誤是家常便飯。」

「……赫赫有名的STARS，該不會暗中搞鬼延誤班機起飛吧？」

被莉娜投以疑惑的視線，瑪法克就只是掛著笑容。

莉娜露出傻眼表情嘆了口氣。

溫哥華機場的出口，有一名和莉娜同年齡的女性軍官在等待。

「她是蘇菲亞・斯琵卡少尉。」

瑪法克介紹這名敬禮的女性。

「她就是佐伊的接班人嗎……」

被任命為STARS恆星級隊員的魔法師軍官，會獲得恆星名字做為代號，直到離開STARS都是以代號取代姓氏來稱呼。

莉娜逃到日本那時候的「斯琵卡」叫做佐伊，同樣是女性軍官。

佐伊・斯琵卡中尉化為寄生物加入叛亂，最後在珍珠與赫密士環礁基地襲擊光宣的時候反被燒死。莉娜不知道詳細原委，但在二〇九七年夏天，她在叛亂落幕而暫時返國的時候得知佐伊・斯琵卡已被消滅。

「雖然在今年春天剛就任，但是本事確實了得。在溫哥華主要由她擔任總隊長……更正，擔任莉娜的助手。」

「請多指教，中校閣下。請叫我蘇菲亞。」

蘇菲亞稱呼莉娜為「中校閣下」。這個稱呼反映了USNA聯邦軍參謀總部至今強辯莉娜只是表面上退伍，單方面賦予中校軍階給莉娜。

現在的莉娜歸化日本，正式身分是日本國民，是平民「東道理奈」，但是USNA聯邦軍將她記錄為「安潔莉娜・庫都・希爾茲中校」。

「我才要請妳多多指教，蘇菲亞。希望妳可以叫我莉娜，正常和我交談就好。」

莉娜隱含「我真的已經退伍，所以別把我當成軍人」這個意圖如此回應。此外她在這次入境的時候，使用的是ＵＳＮＡ聯邦軍準備的「莉娜・布魯克斯」這個假名。總之即使稱為「莉娜」也不突兀。

「我知道了，莉娜。請叫我菲菲。」

大概是因為年輕所以想法不會僵化，蘇菲亞按照莉娜的希望改變態度。

莉娜在機場旁邊的飯店把軍服換成便服。蘇菲亞也一樣。

這間客房會由瑪法克使用，莉娜則是移動到另一間飯店。

在房內暫時向瑪法克道別之後，莉娜搭乘蘇菲亞開的車前往自己要住的飯店。該處是真由美她們下榻的同一間飯店。

◇　◇　◇

赴美第二天，真由美帶著摩利進入溫哥華市內觀光。

蕾娜表示需要時間在ＦＥＨＲ內部好好討論，因而多出一天的空檔，所以真由美決定上街逛逛，順便消除時差造成的疲憊。

「遠上先生，今天就麻煩您了。」

聽到真由美露出甜美笑容這麼說，遼介以客套的笑容掩飾內心湧上的嘆息。

在這座城市住了四年的遼介被選為觀光導遊。

「那個～～有特別想去的地方嗎？」

「我不太清楚，所以交給你決定。」

對於這個不負責任的要求，遼介自暴自棄心想「那就隨便吧」。

遼介帶真由美與摩利前往市中心。他懶得想太多，單純是想到附近哪裡可去就帶她們過去，不過兩人似乎都玩得很開心。

因為時差的關係，所以離開飯店的時間比較晚，現在已經是午餐時間。加上今天是週日，觀光客加上當地市民使得街上熱鬧不已。

「真由美，要不要休息一下？」

離開飯店的時候吃過相當遲來的早餐，因此肯定還不到空腹的時間，不過摩利這麼說。

「摩利，妳已經餓了？」

真由美這個問題不是要消遣，純粹是感到疑問而開口。

「我不餓。」

「那麼，為什麼……？」

「去那裡吧。」

摩利沒回答真由美的疑問，甚至沒討論就決定場所。

她指著以大玻璃窗面對馬路的二樓咖啡廳。

變身為不起眼外貌的莉娜，和蘇菲亞．斯琵卡一起跟蹤正在市中心漫無目標閒逛的真由美、摩利與遼介三人。

開始跟蹤至今一小時。蘇菲亞終於已經習慣，但是內心的驚訝還沒消除。平凡的栗子色頭髮與褐色眼睛，臉蛋工整卻不顯眼，就某種意義來說很平凡。或許比起貿然變醜更不容易讓人留下印象。現在的莉娜就是這副容貌。雖然沒有連體型都改變，不過看起來實在不像是同一人。

（這就是「天狼星」的特殊魔法「扮裝行列」……）

蘇菲亞在小學第一次接受檢查的時候被認定擁有魔法天分，國中畢業後進入STARS的培育機構「STARLIGHT」，所以不曾隸屬於軍方情報部或是軍方以外的情報機構。

不過有鑑於她的能力特性，施教時是以諜報領域的教育為重點。教育內容包含了只有STARS相關組織才會知道，有助於偽裝工作之魔法的相關知識。

蘇菲亞知道莉娜的「扮裝行列」是基於這個原因。但即使事前獲得知識，看著莉娜在自己眼前變成完全不同的人，唯一能做的反應只有驚訝。真的是「耳聽為虛，眼見為實」。

也有別的幻影魔法能暫時偽裝外型，卻無法維持這麼久。而且虛像與動作完全感覺不到誤差也是匪夷所思。不管怎麼看都只覺得是實體。

「菲菲，察覺了嗎？」

「跟蹤的那三人嗎？」

只不過，即使內心某部分被驚訝占領，以嚴格訓練所鍛鍊的知覺也沒有變鈍。

「太好了，看來是三人沒錯。」

兩人說的是從剛才就在觀察真由美等人的可疑人物。

雖說是「可疑人物」，外表卻沒有奇怪之處，看起來是平凡的普通市民。不過他們的視線無疑追著真由美等人，所做所為完全是可疑人物。

「不是和我們一樣跟蹤，而是輪流監視。每三人為一組，依序先走到前方監視。」

蘇菲亞依照莉娜的要求，使用和朋友說話的語氣。而且蘇菲亞只比莉娜大一歲，兩人算是同年代，所以更導致兩人即使剛見面不久也沒有格格不入。

「明明是跟蹤卻能先走到前方？這是高等技術。」

「只要預算與人數充足就不是很難。畢竟使用無線電合作就好。」

——但是交談的內容不像是這個年紀女性友人的閒聊。

「使用ＨＡＰＳ監視器就更簡單了。」

ＨＡＰＳ（High Altitude Platform Station）（高空平面工作站）是別名「平流層平台」的高空中繼基地，提供給搭載通訊機器的無人飛行船或是無人飛機使用。搭載高解析度監視器的ＨＡＰＳ具備高度軍事價值，因此日本與美國都禁止民間擁有，由軍方為首的國家機構營運。

「所以那些傢伙是當局的人？」

「莉娜妳也這麼認為吧？」

蘇菲亞以問題回答莉娜的問題，表示肯定之意。

「不是聯邦軍所屬吧？」

莉娜也學她繼續問。

「我沒聽說情報部門有動靜。他們那種感覺大概是ＦＢＩ。」

「妳憑感覺就猜得到？」

莉娜睜大雙眼問。

「總之，大致可以。」

蘇菲亞的語氣沒有炫耀的要素，不過表情看起來挺高興的。年輕就是這麼一回事吧。

「好厲害。可是，ＦＢＩ為什麼要跟蹤真由美他們？」

「為什麼呢……肯定不是什麼嫌犯或證人才對。」

即使猜到對方的身分，也無法連他們的行動理由都猜透。

蘇菲亞率直承認這一點。

「不過應該不是什麼和平的原因……」

輕聲這麼說的莉娜心想「達也的擔憂可能會成真」。

為了推動魔法人協進會與FEHR合作而赴美的真由美，會受到USNA國內勢力的干涉。

達也派遣莉娜來到USNA的目的，就是要處理這些外力干涉。

◇　◇　◇

「……今天發生了這件事，查得出FBI出動的原因嗎？」

當天夜晚，莉娜在飯店客房裡，以蘇菲亞拿來的STARS無線電話通話。這台機器可以在進行語音通話的同時進行編碼與解碼，內建的系統還能將編碼的語音變換成聽不見的高頻音波，同時發送以AI合成的家常閒聊語音，因此就算使用普通的電話線路也能確保機密不外洩。

『知道了，我調查看看。』

莉娜通話的對象是現任STARS總司令官——班哲明・卡諾普斯。現在的他不只是莉娜任職時的總隊長權限，還握有基地總司令、STARDUST總指揮官、STARLIGHT管理長官的權限。STARS相關的所有指揮權都集中在STARS總司令官這個地位。

『我想恐怕和今年秋天的總統大選有關。』

他答應接下莉娜的委託之後，補充說明自己的推測。

「……兩者有什麼關係嗎？」

莉娜會疑惑也在所難免。即使是她以外的人，也想不到話題會突然延伸到總統大選。

『秋天的總統大選，預料會是國防部長史賓賽與參議院議員里維拉的對決。』

「史賓賽部長肯定會參選吧。可以的話希望他當選。」

史賓賽透過秘書傑佛瑞・詹姆士（通稱ＪＪ）和達也有聯繫。而且是相當友好的聯繫。如果史賓賽當選總統，期待他能在各方面給個方便或許過於樂觀，不過至少可以減少美國採取敵對行動的風險。

『站在聯邦軍的立場，老實說也希望是這個結果。』

不只ＵＳＮＡ，各國軍方在選舉時都必須處於中立立場。這在民主國家不是單純的理想論，是直接關係到政治危機的迫切原則。所以有良知的軍人不會在公共場合談論選舉。

然而有別於原則論，既然是國家組織，政策就會產生利害關係。如果是可以期待提供利益的候選人就會想要支持，這以組織的邏輯來說是理所當然，也是人之常情。在史賓賽部長與里維拉議員之中，軍方明顯比較支持史賓賽。

『不提這個，據說里維拉議員對FBI有強大的影響力，這個傳聞在國內甚囂塵上。』

「政治家對FBI？這種事可以被允許嗎？」

聯邦調查局也會負責調查政治家的瀆職。基於這個性質，要是比其他情報機構更加受到特定政治家的影響，肯定會發生問題。

『凡事不一定都能按照理念進行。』

不過卡諾普斯隱含灰心的語氣，使得莉娜想起自己被迫逃亡的原委。

「……說得也是。抱歉剛才打斷話題。所以你覺得里維拉議員企圖利用FBI做什麼？」

『有企圖的應該不是議員本人，是他的選舉幕僚。具體來說，我想想……』

卡諾普斯在電話另一頭思考的時候，莉娜不發一語等待。

『大約想得到兩種可能性。其一是對七草冠上莫須有的罪名。考慮到FBI管轄的業務，應該很難以輕罪強行逮捕她吧。』

FBI負責的案件是跨州的廣範圍犯罪、綁架或強盜之類的重大犯罪、恐攻或間諜之類的維安相關案件、政治家的犯罪等等，這方面直到本世紀都沒變。

卡諾普斯說的輕罪是由當地警方管轄。莉娜回答「說得也是」點頭附和。

『另一個可能性是抓走七草監禁，用來和司波先生進行交易。』

「擄人監禁？也就是綁架嗎？ＦＢＩ會這麼做？」

『ＦＢＩ是調查綁架案的專家。反過來說，應該沒人比他們更熟悉所有綁架手法。』

「……做這種事有什麼好處？」

政府組織未必都擁有守法精神，莉娜以自己待在STARS的經驗明白這一點。但是負責逮捕綁架犯的警察組織居然想綁架別人，她覺得荒唐至極。

軍方或情報機構脫離法律約束，是因為某些目的或利益無法在平常（也可以說成「平時」）的法律範圍達成。相較之下，ＦＢＩ——應該說使喚ＦＢＩ的選舉幕僚，在綁架真由美之後到底可以獲得什麼好處？

『雖然普通選民不知道，但是政界認為史賓賽部長和司波先生的交情是他的一大武器。』

「達也沒有干涉美國政治的意願啊？」

莉娜不是說「應該沒有」而是斷言「沒有」。雖然她自己沒意識到這一點，不過「我至少理解達也到這種程度」的自負已經在她的內心生根。

『將司波先生視為威脅的政治家就是這麼多。雖然這個比喻不太好，不過這等同於和擁有大規模殺傷性武器的獨裁者建立交情。』

「那個，換句話說……這麼做的目的不是逼使達也讓步，妨礙協進會與ＦＥＨＲ合作？是要讓國防部長和達也的關係惡化，搶走部長的其中一個強項？」

『與其說搶走，應該說想要破壞吧。』

達也派遣真由美的過程中，沒有依賴史賓賽的庇護。達也把莉娜送來這裡就是最好的證據。莉娜自己理解這一點。

所以就算真由美有什麼三長兩短，達也面對史賓賽的立場應該也不會改變。莉娜認為里維拉陣營幕僚的所做所為完全沒打到痛處又白費力氣。

「搞得這麼麻煩……」

莉娜內心冒出不耐煩的情緒。即使里維拉幕僚的企圖毫無意義也不得不阻止，這一點令她滿肚子火。

阻止毫無意義的陰謀。天底下竟然有這麼無意義又多餘的工作。

即使如此也不能置之不理。

基於立場不能視而不見。

莉娜以沒握話筒的手按住額頭。

「班……總之可以請你調查嗎？」

『知道了，莉娜。』

或許是多心，卡諾普斯的聲音隱含同情的成分。

「我回來了。」

「菲菲，歡迎回來。」

和卡諾普斯打完電話約一小時後，蘇菲亞回到房間。

「沒異狀嗎？」

「飯店裡沒有可疑的傢伙。」

蘇菲亞不是去夜遊，是去偵察白天發現的那些人是否作祟。

「為求謹慎，我設置了『警鈴』，所以只要待在飯店應該不會出事。」

STARS恆星級隊員是以直接的戰鬥力為基準來挑選，但她不只是攻擊力，也擅長某個適用於諜報領域，尤其是防諜這方面的特殊魔法。

這個魔法名為「全相觸覺」。這個無系統魔法可說是具備同步性的遠距離接觸感應，魔法的機制是預先設置想子情報體的「陣」，一旦有人類碰觸，就可以藉由想子之間的干涉，將這個人的想子體外皮情報傳達給術士。

可以偵測到入侵者，連想子波形都能識別，是一種方便又高階的魔法，但是蘇菲亞鮮少以這個魔法自豪。原因在於「全相觸覺」這個名稱。開發者是以「觸毛」或「觸角」的意思取名，但這個魔法的原文「tentacles」也有「觸手」的意思。蘇菲亞不想被當成「使用觸手的女人」，所以她自己以「警鈴」取代「全相觸覺」這個名稱。

「那個……妳說的『警鈴』是魔法吧？在睡眠的時候也能維持嗎？」

蘇菲亞是莉娜離開STARS之後錄取的隊員。莉娜還不知道蘇菲亞做得到或是做不到哪些事。

「放心，這個魔法我很熟練。」

因為不知道她做不到哪些事，所以莉娜決定相信她這句話好好休息。

◇　◇　◇

在這個時候，真由美與摩利正準備上床就寢。

她們兩人同房——遼介當然住另一間客房。

「真由美，我關燈了。」

「嗯，好的。」

等待坐在床上的真由美回應之後，摩利關掉客房主燈。

床頭燈的微弱光線照不到房間角落。但是摩利在昏暗之中平安抵達床鋪。

「摩利。」

躺在床上的真由美，向同樣躺下的摩利搭話。

「白天的那個是什麼？」

聽到真由美的詢問，摩利沒反問「妳說的『那個』是什麼」。

「妳說的『那個』是在二樓咖啡廳休息時的事情嗎？」

或許她早就猜到真由美會這麼問。

「嗯，就是那個。應該不是真的覺得累吧？」

「當然不是。提示是容易看清街道模樣的二樓座位。」

「我不需要什麼猜謎……難道是有跟蹤狂嗎？」

「居然說跟蹤狂，妳啊……不，這個詞的意思是對的……嗎？」

「咦，真的有跟蹤狂？」

真由美猛然坐起上半身。

「與其說是跟蹤狂，應該說是尾隨。」

摩利就這麼躺著，以相對來說比較冷靜的聲音回答。

「我確認到的是兩人，不過應該還有別人。好像是分組輪流監視我們。」

「怎麼這樣，現在是冷靜的場合嗎？」

真由美尖聲大喊。

「是必須冷靜的場合。」

「——！」

不過聽到摩利如此回答，真由美將更多的哀號吞回肚子裡。

「別擔心。我在應付夜襲這方面受過充分的訓練。人體感應器與氣體感應器也裝好了。」

「是什麼時候……」

「在妳淋浴的時候。所以放心休息吧。」

「可是……」

「只不過，我為了隨時可以醒來所以只能淺眠，在白天應該無法發揮百分百的效能。要是連妳都睡眠不足，或許無法好好應付意外事態。」

「……我知道了。白天我會自己想辦法，所以晚上麻煩妳了。」

「嗯，拜託了。」

感覺得到摩利閉上眼睛的氣息。

真由美也再度躺下。

雖然在意各種事，不過真由美硬是將雜念趕出意識，讓自己什麼都不想。

如果是普通人，即使想停止思考也不會順利，會更容易去想一些天南地北的事。

不過真由美他們魔法師經過長年訓練，可以控制自身的意識狀態與精神狀態。她就這麼放空腦袋，落入深沉的夢鄉。

【3】陰謀

溫哥華當地時間，六月二十八日凌晨一點。

「莉娜，來了。起來吧。」

光是聽到蘇菲亞搭話，莉娜就從床上起身。

「真的來了啊。」

傻眼的聲音沒隱含睡意。她將雙腳套進床邊排好的鞋子迅速起身。

「要抓住？還是趕走？」

同樣起身的蘇菲亞詢問處置方式。對於莉娜沒睡昏頭迅速進入備戰狀態的模樣，蘇菲亞看起來不抱疑問。莉娜在蘇菲亞的心目中是STARS的前「天狼星」。莉娜展現軍人應有的舉動，對於蘇菲亞來說是理所當然。

……要是日本的朋友們看見現在的莉娜，想必會揉揉眼睛再看一次。

「可惜現在沒備好逼供的道具與監禁的場所。要抓的話準備得還不夠。趕走他們吧。」

對於蘇菲亞這個問題的判斷也中肯至極。

「收到。」

因為中肯，所以也沒提出反對意見。

「我先去，莉娜負責後援。」

莉娜不知道蘇菲亞是什麼樣的戰鬥魔法師。不過至少是得到一等星代號的實力派。

「交給妳了。小心點。」

雖然沒有諜報技能，擁有「扮裝行列」的莉娜卻意外擅長祕密行動。不過她這時候決定暫時先交給蘇菲亞對付。

蘇菲亞將「警鈴」——對人感知魔法「全相觸覺」設置在走廊、電梯廳與外牆的逃生階梯。發現入侵者的是逃生階梯的「警鈴」。

兩人待在真由美等人客房的上一層樓。

歹徒從上方下來。

蘇菲亞在下樓的第一個轉角平臺，莉娜在下一層樓的門邊埋伏等待入侵者。這個配置是因應對方分頭襲擊的狀況。只不過，蘇菲亞設置在下一層樓的「警鈴」目前沒有反應。莉娜認為可以認定敵人是從樓上前來。

蘇菲亞以手勢指向上方。

看來敵人正在接近。

此外，敵人果然只從上方前來的樣子。

為了隨時可以支援，莉娜將蘇菲亞以及她所在階梯平臺延伸到樓上的階梯都納入視野範圍。因為也分配注意力在蘇菲亞身上，所以莉娜立刻察覺她從口袋取出某個小小的物體。比硬幣還小，能以指尖捏住的大小。

（藥丸……？）

雖然陰暗看不清楚，不過應該是偏白色的藥丸。

消除腳步聲衝下樓的人影進入視野的瞬間，蘇菲亞以右手拇指彈出疑似藥丸的物體。勉強看得見這個人影在黑暗中向後仰。緊接著，歹徒踉蹌從階梯滑落。

上方傳來慌張的氣息。這股氣息停止行動了。之所以沒跑向同伴，大概是害怕重蹈覆轍吧。

蘇菲亞下樓來到莉娜身旁。

她以手勢建議從逃生階梯回到走廊。

莉娜點頭之後使用消音魔法。

兩人無聲無息打開門，離開逃生階梯。

「入侵者還沒處理完吧？」

這次莉娜是在兩人周圍架設隔音魔法壁，然後詢問蘇菲亞。

「要是打倒所有人，就沒人能把那些傢伙扛走了。」

「為了不留下襲擊的痕跡，故意只打倒一人？」

「就是這麼回事。對方應該也不希望自己的行徑曝光。」

莉娜心想原來如此。

「……話說回來，妳剛才用手指彈出去的東西是什麼？」

解開一個謎團之後，下一個疑問冒出頭來。

「嗯？這個。」

蘇菲亞從剛才的口袋取出某種扁平顆粒。

正如莉娜剛才的猜想，是稍微大一點的藥丸。

「那是？」

「吸入式合成毒品的粉末壓製的顆粒。以魔法發射出去，在敵人鼻頭還原成粉末。因為毒性很強，所以這個量就能造成急性中毒。」

「那個男人摔倒就是這個原因吧。」

「要是扔著倒地的同伴不管，就會被當成吸食毒品的現行犯逮捕。我認為他們會努力把動不了的身體抬走。」

蘇菲亞以正經語氣解說，嘴角卻微微上揚。無法克制的下意識微笑，是讓人覺得奸計得逞的愉快犯笑容。

莉娜覺得挺惡毒的。

不過或許性格要惡劣到這種程度，才能完成祕密的諜報任務。

基於這個意義來說，她應該很可靠吧？莉娜心想。

不久之後，莉娜為了回到自己房間而使用的逃生階梯，已不見襲擊者的身影。

◇　◇　◇

六月二十八日下午，前加拿大領地溫哥華。真由美帶著摩利與遼介再度面會蕾娜。

「七草小姐，適應時差了嗎？」

「是的，沒問題。」

真由美不用說，摩利也沒有睡眠不足的跡象。這都是多虧就寢時出乎意料沒有任何人闖入，途中沒被叫醒。真由美與摩利不知道房外發生的事情，在另一間客房就寢的遼介也沒察覺。

「關於您先前說的那件事……」

蕾娜開場白只說到這裡就進入正題。

「我們非常感謝有這個機會和魔法人協進會合作。雖然詳細的條件需要深入討論，不過請容我以合作成立的方向說下去。」

「我知道了。」

蕾娜說到這裡，真由美行禮致意。

表面上，她被派遣到美國要辦的事情就此完成。

不過大概是覺得這樣過於平淡吧。

「方便的話，可以請您簡單說明擔憂的因素嗎？」

真由美如此詢問蕾娜。

「……您或許不知道，我們和ＦＡＩＲ這個團體處於對立關係。」

蕾娜稍微猶豫之後，決定回答這個問題。

ＦＡＩＲ沒有現任成員被警方逮捕，不過犯罪的前成員不只是在日本落網的「雅努斯」雙人組。光是和這種組織有交集（即使是對立關係），就有不少人認為ＦＥＨＲ可能也做過虧心事。世間就是這麼看待的。

蕾娜也不認為那個司波達也派來的使者會因為這種程度的事情出現抗拒反應。不過事實上，雖然不是犯罪行為，ＦＥＨＲ卻也屢次對ＦＡＩＲ進行近似諜報的行為。這種事不能輕易告訴兩天前初次見面，今天才第二次見面的對象。

「不，我不知道。您說的對立關係達到何種程度？和我們一樣被人入侵偷竊嗎？」

真由美的回應不只出乎蕾娜預料，還大幅脫離她的想像範圍。

真由美身旁的遼介也難掩驚訝之意。

「……您那裡遭受過竊盜的損害嗎？」

「不，是未遂。先前被別名『雅努斯』的雙人組闖入，不過好不容易成功擊退了。」

「……這樣啊。總之沒受到損害真是太好了。」

蕾娜與遼介都知道，曾經是FAIR成員的「雅努斯」為了竊取聖遺物而闖入恆星爐設施與FLT。遼介甚至是事件的當事人。

兩人並不是為了事件本身吃驚。他們沒想到真由美知道「雅努斯」的來歷。

只要揭開謎底，這件事就沒那麼令人意外。

逮捕「雅努斯」的時候，真由美確實沒有參與。她只有和遼介聯手擊退那對雙人組，將兩人逼入絕境的是黑羽家姊弟，實際逮捕兩人的是達也、深雪與莉娜。

不過真由美是在日本魔法界和四葉家齊名之七草家的長女。只要是和她相關的事件，七草家不可能不調查。四葉家也沒那麼積極要隱瞞這個事件。即使不知道逮捕的詳細過程，至少也已經查明當時和真由美交戰的魔法師罪犯來歷。

「基於這樣的原委，所以我們也同樣和FAIR處於對立關係。只要沒持續進行非法的武力鬥爭，我想應該不會妨礙到彼此的合作。」

「絕對不會進行什麼非法抗爭。我發誓，我們FEHR不會把武力用在自衛以外的目的。」

「那就沒問題了。」

真由美笑咪咪如此回應。「自衛」往往是動用暴力的藉口。非常清楚這一點的她還是露出這張笑容。

◇◇◇

有人敲響副駕駛座的車窗，莉娜轉頭一看，站在窗外的瑪法克上尉向她點頭致意。

坐在駕駛座的莉娜解除車門的鎖。

瑪法克鑽進副駕駛座。

「你居然知道。」

莉娜這句話有「你居然知道這裡」以及「你居然知道是我」兩個意思。這輛車是蘇菲亞租來的車，而且莉娜現在使用「扮裝行列」變成別人的外型。

「我從斯琵卡少尉那裡問到車牌號碼。」

「原來如此。」

「話說回來，那位斯琵卡少尉在哪裡？」

莉娜理解之後，輪到瑪法克這麼問。

「她去檢查是否有昨晚那種傢伙躲在附近。肯定快回來了。」

蘇菲亞像是抓準時機，在這時候從建築物後方現身。她雙手拿著外帶飲料杯，以不疾不徐的腳步走過來。她的身影像是當地居民般融入周邊的景色。

蘇菲亞站在車旁。

莉娜打開車窗接過飲料。

「換我開車吧？」

「不，不用了。」

聽完莉娜的回答，蘇菲亞毫不猶豫打開後車門，坐在莉娜後方。

「菲菲，狀況如何？」

莉娜先要求蘇菲亞報告。

「包含昨晚的傢伙，附近沒有可疑的人影。大概是想避免引人注目吧。」

「那麼會像是昨晚那樣？」

「這也不一定。或許會在晚餐時間來襲。混入人群也是避免顯眼的一種手法。」

蘇菲亞的意見使得莉娜思索片刻。

「……總之，妳認為不會在這裡遇襲是吧。」

「是的。不過完全移開目光或許有危險。」

「我接棒繼續在這裡監視吧。」

瑪法克接續蘇菲亞的話語這麼說。

「妳們發現的那些人，這邊調查之後確定是ＦＢＩ的非法幹員。」

「查明底細了嗎？」

「不，沒查到這種程度。」

對於莉娜的詢問，瑪法克遺憾般搖了搖頭。

「不過ＦＢＩ確實出動幹員了。目的也肯定是要抓走司波先生派來的日本人吧。」

對於瑪法克這段話，莉娜與蘇菲亞都沒吃驚。只覺得「果然如此」……題外話，在STARS恆星級隊員之間，懷著敬意與畏懼將達也稱為「先生(Mister)」已經成為慣例。

「不只是國防長官的幕僚，參謀總部也對這件事懷抱危機意識。」

莉娜也能理解這種心情。

「這部分我想也是。他們應該不想平白破壞和達也的關係。」

「一點都沒錯。」

瑪法克不是推測而是斷言，因為他從卡諾普斯那裡聽到的參謀總部意向，正是莉娜現在說的這樣。

「所以在這次的事件，國防情報局也會出借人手。雖然稱不上是精銳，不過在需要人數的監視任務派得上用場。」

瑪法克是高階魔法師，卻沒染上鄙視非魔法師的惡習。DIA派遣的人員如果實際以實力評價，應該都是二線級以下吧。

不過這部分也如他所說，只要用法正確，光是人數夠多就能成為有效的武器。

「知道了。這裡交給你吧。」

瑪法克下車，蘇菲亞移動到副駕駛座。

莉娜將車子開往飯店。

◇　◇　◇

暫時回到飯店客房之後，莉娜面對冰咖啡歐蕾的玻璃杯陷入沉思。

「莉娜，妳在想什麼？」

這個狀態維持到杯裡的冰塊完全融化，所以蘇菲亞終究感到疑惑。

「嗯？啊啊，對不起。」

莉娜略顯躊躇。因為她在猶豫要坦承還是隱瞞自己思考的事。

「雖然和這次的工作沒有直接關係……但我在意ＦＡＩＲ的目標是什麼。」

最後她選擇說出來。

「記得他們在日本是想偷走聖遺物吧？」

「是的。後來發生的聖遺物挖掘現場襲擊事件，也查出是ＦＡＩＲ的委託。」

之所以老實說出來，是因為思緒迷失陷入死胡同，想藉由對話找到出口。即使不是討論而是閒聊的程度，也可能發現意想不到的路徑。

「既然這樣，目標果然是聖遺物吧？那個組織標榜要和非魔法師進行鬥爭，那麼應該想要魔法兵器吧？」

ＦＡＩＲ的正式名稱「Fighters Against Inferior Race（對抗劣等種的戰士們）」沒有對外公開，但是不難查到。即使不靠公權力，只要擁有偵探或是記者的能力就查得出來。之所以沒演變為社會問題，單純是因為沒什麼人感興趣。

「我也是這麼認為……但是總覺得挺納悶的。」

「總之，儲存魔法式的聖遺物，我不認為會這麼順心如意埋藏在挖掘的地點。」

「即使挖掘到相同性質的聖遺物，光是一兩個也無法成為戰力。」

「是不是打算和司波先生一樣，複製找到的聖遺物？」

蘇菲亞的意見恐怕是對的。

「這麼簡單就能複製嗎？」

不過莉娜掛念的正是這一點。

「並不是只有日本發現聖遺物。各國的古代遺跡周邊都在進行挖掘工作，美國也在蛇丘下方的地層找到聖遺物。不過效果並不是儲存魔法式。」

蛇丘是位於俄亥俄州，被認定可能是墳陵的巨大土方遺跡。製作的時間、人物與目的等細節不為人知。有人說是一千年或兩千年前的東西，也有人提倡是一萬年前的東西。

換句話說是真相沒傳承到現代，沒有史實記錄的遺跡。聖遺物被發現的地點是在這種遺跡附近，不然就是遺留著神話或傳說痕跡的土地周邊。

「好幾個國家從十多年前就開始進行聖遺物的研究。聽說美國這裡也投入不少人材與資金。可是複製成功的只有達也一人。關於量產化就更不用說了。」

「即使找到原版，要挪用為武器也不容易。這就是莉娜妳想說的吧？」

莉娜點頭回應蘇菲亞這段話。

「ＦＡＩＲ那些人也肯定明白這種事。」

然後她補充這句話。

「意思是除了複製聖遺物，他們還有別的目標？」

「總覺得有種討厭的預感……」

莉娜沒有直接回答蘇菲亞的問題，像是自言自語般呢喃。

◇ ◇ ◇

六月二十八日晚間六點多。

「抱歉把您留到這麼晚。」

「不，待了這麼久，我才應該道歉……您應該很忙吧？」

在FEHR總部門口，蕾娜與真由美頻頻相互鞠躬。理由正如兩人所說，是因為面談時間比預定的還要冗長得多。

不是任何一方的錯。蕾娜想打聽真由美知道的達也事蹟，真由美對蕾娜成立FEHR的原委非常感興趣。總歸來說，彼此都把這場面談拖太久了。

而且這兩人看起來還沒聊夠。與其說是話題聊不完，應該是意氣相投捨不得分開吧。

說到實際年齡，真由美是二〇七七年十二月出生的二十二歲，蕾娜是二〇七〇年六月出生，上個月剛迎接生日的三十歲。雖然蕾娜大八歲，不過相對於真由美和年齡相符的外表，蕾娜的外表反而像是只有十六到十七歲。

應該不是這一點產生相乘效果，但是兩人之間形成一股感覺不到年齡差距的親密氣氛。

「真由美。」

蕾娜以名字稱呼真由美。兩人是以英語對話，直呼名字的感覺和日語對話不同。但是比起以姓氏稱呼，肯定加入了一份親切感。

「方便的話，今天要不要一起吃晚餐？」

「好的，蕾娜。我很樂意。」

真由美在這方面也一樣。

「太好了。」

蕾娜露出少女般的笑容表達喜悅。

「夏莉，吃什麼好呢？」

「我想想，不然吃Poutine如何？」

夏綠蒂以苦笑般的笑容回答蕾娜，看向真由美。

「七草小姐，妳吃過Poutine了嗎？」

「Poutine？不，還沒有。」

「這樣啊。這是速食店也會提供的家常菜，卻是加拿大地區的特色料理，我認為不妨吃一次當成今後的話題。」

「說得也是，請務必。」

昨天真由美說「因為難得出國旅行」避免接觸速食類的料理。不過既然是當地居民推薦的特色料理，真由美也不想放過品嚐的機會。

聽到真由美的回應，夏綠蒂開始打電話。她打完第二通電話之後轉頭看蕾娜。

「蕾娜，在西端區的餐廳訂到七點的位子了。」

「現在過去的話，時間應該剛剛好吧。」

於是蕾娜、真由美、摩利、遼介與夏綠蒂五人立刻上車。

◇　◇　◇

晚間將近六點半，在飯店待命的莉娜接到瑪法克的電話。

『莉娜，七草小姐一行人和蕾娜‧費爾一起搭乘車輛離開FEHR總部。』

「和蕾娜‧費爾一起？」

莉娜疑惑反問，同時思考「真由美的溝通能力這麼好嗎」這件或許相當失禮的事。

不過這句問題沒有本質上的意義。

「知道他們要去哪裡嗎？」

她立刻變更問題內容。

『應該是去西端區。』

「在這個時間外出，蕾娜・費爾是邀他們去吃晚餐嗎……？」

兩人是以擴音模式通話，所以蘇菲亞也聽到對話內容。

對於莉娜的推測，蘇菲亞默默點頭表達贊同之意。

『應該是您說的這樣沒錯。』

瑪法克也同意這個推測。

『我確認目的地之後立刻連絡。』

「麻煩你了。我們也會前往西端區。」

『收到。莉娜，路上小心。』

通話結束。

蘇菲亞在同一時間起身，拿起桌上的出租車鑰匙。

「莉娜，我們走吧。」

「嗯，知道了。」

莉娜不太明白蘇菲亞像是搶先般拿起鑰匙的意圖，但她也起身準備出發。

◇◇◇

炸薯條淋上肉汁加上起司，再搭配肉類、蔬菜、蛋或是菇類的這道加拿大料理（從起源來看或許應該說是魁北克料理）「Poutine」，摩利比真由美還要讚不絕口。

話是這麼說，不過真由美吃的量也不輸給摩利。

「啊～～肚子好撐。」

「因為妳塞了那麼多啊……」

真由美一走出店門口就滿足這麼說，引來摩利傻眼的聲音。

「看你們好像很喜歡，我身為當地人很開心。」

蕾娜投以表裡如一的笑容。

「聽說是速食，我以為當成晚餐不太妥當，不過這是天大的誤解。」

原本的Poutine只加上肉汁與起司，速食店販售的就是這種形式的平民美食，所以真由美的想法不能說是錯的。

「因為那間店的配菜種類特別豐富。」

不過如蕾娜所說，只是因為那間餐廳的餐點規格比較高。

「我可以送各位到飯店。」

「不，可不能讓甘格農小姐酒後開車。我們叫計程車回去。」

夏綠蒂表示要開車送他們，真由美委婉拒絕。

「但我沒喝到酒醉的程度。」

實際上夏綠蒂攝取的酒精量很少，沒達到法律規定的酒駕標準。不只是曾經住在ＵＳＮＡ的遼介，摩利也覺得「只是那種程度的話應該沒問題」。

不過真由美在「喝酒就不准開車」這方面有潔癖。或許是對於喝酒有不好的回憶，她不只是拒絕單程接送，雖然語氣不是很重，卻也建議夏綠蒂「叫計程車比較好」。

「知道了。那麼至少請讓我目送各位。」

從真由美的柔和態度感受到頑固原則的蕾娜提出妥協方案。

「……不好意思。」

真由美沒要求蕾娜他們先離開，是因為覺得為了讓夏綠蒂醒酒，最好別讓她立刻開車，而是多停留一段時間。

「那就在不會妨礙別人的地方等待吧。遼介，可以幫忙叫計程車嗎？」

「是，Milady。」

遼介開心點頭，蕾娜回以甜美笑容，帶頭踏出腳步。

看到遼介像是忠犬般努力履行蕾娜的指示，真由美稍微瞇細雙眼。
她的表情可以同時解釋為微笑與不滿。

◇◇◇

蕾娜等五人在餐廳停車場的邊緣行走時，莉娜與蘇菲亞在不遠處的車上觀察他們。
「我到底在做什麼啊……」
莉娜忽然在車上的副駕駛座發牢騷。
「怎麼突然這麼問？」
蘇菲亞沒吃驚，以隱約像是在消遣的聲音問。
「我有必要看著真由美嗎？如果敵方有幾十人就算了，ＦＢＩ也無法做得這麼高調吧？既然ＤＩＡ已經出動，交給他們不就好了？」
「換句話說就是妳膩了吧？」
「不是啦。」
莉娜沒有頂嘴或是大喊，不過視線在游移。
「總之，我覺得莉娜說得沒錯。」

蘇菲亞不是落井下石，而是對莉娜的意見表明贊同。

「咦？」

蘇菲亞出乎意料的這句話，使得莉娜發出脫線的聲音。

「不需要莉娜特地親自監視，我們也會為了阻止FBI的暴行而出動吧。即使不看七草小姐是司波先生那裡的人，造訪美國的無辜平民被政府機構襲擊簡直是國恥。」

「這……說得也是。」

莉娜有共鳴的是「國恥」這部分。關於同行的摩利，莉娜知道她是日本的軍人。蘇菲亞應該也知道吧。摩利入境的時候沒隱瞞身分。

而且摩利當然沒在進行作戰行動，也沒以間諜身分活動或是從事破壞工作。和真由美一樣沒有違反法令造成危害。

總歸來說，FBI以及幕後的黑手們，正在做出無視於法律的行為害得USNA權威掃地。

莉娜自認已經不是軍人，卻和蘇菲亞他們一樣有這種感受而憤慨。因此莉娜沒把這項任務交給別人負責。

「……還是就這麼繼續進行吧。」

莉娜將視線固定在真由美等人身上（不看蘇菲亞的臉）這麼說。

對於這樣的莉娜，蘇菲亞以「妳好可愛……」的眼神注視。

繼續監視約五分鐘，狀況有變化了。

一輛深色烤漆的廂型車進入停車場，逐漸接近真由美等人。廂型車側面印著無人計程車的標示。

周邊剛好變得沒有人影。莉娜與蘇菲亞提高警覺。她們沒把這個時間點解釋為偶然，判斷明顯是人為造成的。

雖然是無人計程車，車上卻看得見人影，正常來想應該是載客來到這裡。

「蘇菲亞。」

「隨時可以出動。」

對於莉娜緊繃的聲音，蘇菲亞以面對長官的語氣回應。

◇　◇　◇

「來了嗎……？」

看見高頂廂型計程車開進停車場，真由美輕聲說。車上有四個人影，但她認為應該是這間餐廳的顧客。

「真由美！」

不過摩利突然拉住真由美的手，將她保護在背後。

同時遼介站到蕾娜正前方擺出架式。

兩人之所以這麼行動，是因為原本應該停在餐廳門口的車子朝他們接近。

覺得「有可疑」的兩人直覺是對的。

廂型車停下的同時，一群男性衝下車。

他們手持像是特殊警棍的武器。

一人揮棍打向摩利。

摩利舉起左手，以前臂接下警棍狀的武器。

短短的放電聲劃破夜晚的空氣。

男性們的武器不是單純的警棍，是具備放電功能的電擊棍。

不過遭受電擊的摩利看起來完全沒有受創的樣子，使出前踢反擊男性。

男性主動退後，減輕這一踢的傷害。

「摩利？」

「沒問題。」

摩利就這麼看著前方，回應真由美擔心的聲音。雖然現狀沒有餘力說明，不過摩利今天不曾脫掉的夏季外套底下，雙手的前臂與上臂都戴著護具。以高機能絕緣素材製成的這種人造皮革護具，會對衝擊產生硬化反應。

大概認為她正在分心回話，另一名男性襲擊摩利。遼介牽制第三人，第四人繞過去要襲擊真由美。

真由美連忙將想子注入完全思考操作型ＣＡＤ，準備展開啟動式。

「真由美，不可以！」

但是蕾娜制止她了。

「這座城市的魔法使用限制比其他地方嚴格！」

真由美中止發動魔法。

原本想以魔法迎擊的她，沒做好逃離暴徒的準備。

襲擊的男性是由遼介打飛的。

「再退後一點！」

遼介張開雙手，同時將真由美與蕾娜推到他身後。

雖然是相當粗魯被推到後方，但是真由美與蕾娜都沒抗議。

「厲害喔！」

摩利以粗魯語氣稱讚遼介的本事。

「兩人拜託你了！」

然後她一邊應付兩人聯手的攻擊，一邊委託遼介分擔敵人。

「好，這邊請交給我們。」

回應的是夏綠蒂。她在遼介的另一側，和刺客四人組的最後一人互瞪。

她沒拿武器，空手和手持電擊棍的男性對峙。即使如此依然形成膠著狀態。不知道是因為夏綠蒂如此無懈可擊，還是基於別的原因。

另一方面，遼介這邊的狀態很好懂。

「咕，可惡！」

痛苦喘氣咒罵的是襲擊的那一方。他手上沒有電擊棍（已經被遼介打落），現在是握著小型刀。

遼介沒有慌張心想「必須盡快去幫摩利」，逐一化解對方的攻擊。完全感覺不到空手對付武器的不利，而且確實在對方身上累積傷害。

看起來最辛苦的果然是一打二的摩利。雖然這麼說，但她的戰鬥表現也沒讓人捏把冷汗。證據就是她交戰的對手開始出現不耐煩的模樣。

他們有FBI撐腰。不過在進行非法祕密行動時，想避免驚動警方的是他們這邊。這個狀況拖延愈久，可以說對摩利等人愈是有利。

襲擊摩利的兩人大幅後退。另外兩人見狀也拉開距離。或許是判斷形式不利，要將方針切換為逃離。

「喂！」

「啊啊！」

正面的兩人以某種暗號相互示意。

左右的兩人默默點頭。

四人一齊從背後口袋取出細長的薄型機械。

握著機械的手透出想子光。

「ＣＡＤ？」

「這些傢伙是魔法師？」

真由美與摩利幾乎同時大喊。

◇　◇　◇

非法幹員們從ＣＡＤ讀取啟動式。

大吃一驚的真由美與摩利都晚了一步應對。

「休想得逞！」

不過最快發動魔法的人，是在監視用的車上大喊的莉娜。

她以爆發性展開的領域干涉包覆真由美等五人以及非法幹員們。妨礙魔法的發動。

莉娜不像深雪那麼擅長使用領域干涉，不過天生的爆發力勝過深雪。如果把持續時間限定在數秒內，她可以展開不輸給深雪的領域干涉。

領域干涉的力場三秒就消失，但是這段時間足以讓真由美他們重整態勢。

只不過，真由美與摩利沒有使用魔法的必要。

像是細針的飛刀不知道從哪裡射來，接連命中四名幹員。命中的上臂或大腿部位不會造成致命傷，不過聽他們四人發出的哀號，造成的傷害似乎比表面上還要嚴重。

這些飛刀是悄悄接近到停車場外圍的蘇菲亞以移動魔法操控的。以魔法操控刀子射出的技術在STARS內部相當普遍。不只是擅長的隊員很多，也開發出「舞刃陣」之類的高階魔法。

襲擊幹員們的飛刀也是這種魔法技術之一，名稱是「雷蜂匕」。以釋放系魔法讓刀子帶電，再以移動系魔法操縱刀子刺向敵人，是以刀子的刺傷與觸電造成對方傷害的魔法。主要用在瞄準敵人四肢，達到不殺害就剝奪其戰力的目的。

大多數的場合是用來活捉敵人，不過在這個狀況並非以逮捕為目的。

「——撤退！」

這名男性大概是隊長。他一聲令下，包括他自己在內的四人全都任憑刀子插在身上，逃進前來襲擊時使用的車輛。

車輛緊急起步，摩利、遼介、夏綠蒂以及躲在停車場外圍的蘇菲亞都沒出手。

◇　◇　◇

「那些刀子是怎麼回事……？」

「不知道。」

聽到真由美的細語，摩利規矩回應，但是語氣忿恨不平。

「應該是魔法，但是發動的徵兆與痕跡完全不得而知。」

這就是她不高興的理由。

如果那些刀子射向己方，我無法防禦──摩利如此心想，對於自己的不中用感到火大。

「是的。包括最初使用領域干涉的術士，是相當高明的實力派。」

蕾娜以依然緊張的聲音接著說出的這段話不是在安慰，不過多少有著平穩摩利心情的效果。

「最初的術士？」

遼介責問蕾娜的這句話。

「Milady，領域干涉的術士和飛刀的術士不同人？」

這裡的「責問」不是「質詢」或「責備」的意思，是察覺不對勁而針對疑點發問。

「是的，不同人。」

蕾娜的回答很明確。她大概已經清楚分辨了。

「操控飛刀的魔法師技巧也相當高超，不過使用領域干涉的魔法師實力恐怕在我之上。」

「在Milady之上？既然這樣，難道是STARS？」

聽到遼介說的這段話，真由美與摩利都覺得「太誇張了」。這種說法就像是蕾娜擁有的魔法力匹敵STARS。

兩人都隱約感覺到蕾娜不是普通人。

不過在這個時間點，她們還過於低估蕾娜的實力。

◇　◇　◇

看到蘇菲亞走近，駕駛座的莉娜解除車子的門鎖。剛才蘇菲亞一下車，莉娜就趁機坐到方向盤前面。

「菲菲，辛苦了。」

「謝謝。」

坐進副駕駛座的蘇菲亞，以輕鬆語氣回應莉娜的慰勞。她已經解除戰鬥態勢。

「比想像的還好對付。」

對於莉娜這句話，蘇菲亞微微搖頭。

「魔法技能確實粗劣，不過實力比想像的強。不只是中了『雷蜂匕』也沒倒下，而且沒拔掉刀子就逃走，應該是為了避免有人從血液或是皮膚組織查出他們的身分。」

「這樣啊。只有耐力很了不起。」

「嗯。只接受普通訓練應該達不到那種程度。」

「我愈來愈好奇他們的身分了……不知道那些傢伙被FBI僱用之前是做什麼工作。」

「只要抓到就知道吧。」

莉娜的意識差點迷失陷入思考的死胡同時，被蘇菲亞拉回現實。

「……妳認為他們還會襲擊？」

「不不不，即使要繼續襲擊，終究也會更換成員吧。」

「？」

莉娜歪過腦袋，蘇菲亞對她露出壞心眼的笑。

「莉娜，妳忘了？這邊不是只有我們兩人喔。」

「啊！」

想到有其他小隊追捕的可能性，莉娜忍不住發出聲音。蘇菲亞對她輕聲一笑。

「莉娜真的只專精直接形式的戰鬥耶。」

「……回飯店吧。」

莉娜讓車子起步。

莉娜將視線固定在前方不看副駕駛座，蘇菲亞看著她莫名僵硬的側臉繼續偷笑。

真由美等人叫的計程車還沒到。莉娜這麼做是將他們留在原地，停止執行暗中護衛的任務，蘇菲亞沒指摘這一點。

◇　◇　◇

真由美等三人將近深夜才回到飯店。

「啊～～終於可以睡了。」

真由美就這麼沒換衣服撲到床上。以仰躺姿勢自言自語說出的「我好累了」被她說成「窩好累惹」。

「真由美，妳這樣不成體統喔。」

斥責的摩利聲音也透露疲憊感。雖然沒躺下，但她坐在床邊懶洋洋的。

「睡覺之前先去洗澡換衣服。再不起來，衣服就會皺巴巴了。」

「咦～～……」

「咦什麼咦，妳真的不洗乾淨就要直接睡嗎？這年紀拋棄女人味還太早喔。」

大概是最後一句話終究不能當做沒聽到，真由美「唔」一聲坐起上半身。

但她立刻再度倒在床上。

「不行，好難受。摩利，妳先洗吧。」

「唉……」

真拿妳沒辦法。摩利以這樣的表情嘆氣起身。

「別睡著啊。我洗完要好好去洗澡喔。」

「收到收到～～」

真由美舉起單手搖了搖，以有氣無力的聲音回應。

看著摩利消失進入浴室之後，真由美慢慢坐起上半身。因為她覺得這樣下去真的會睡著。

剛才只是在向摩利撒嬌，真由美也不想沒洗澡就睡覺。不只是身為女性要注重儀容，更是因為她總覺得身體黏黏的不舒服。

她沒做過會流這麼多汗的激烈運動……可能是緊張的汗水或冷汗也不一定。

這麼晚才回到飯店的原因，以及她們這麼疲憊的原因，在於警察的偵訊。

不是ＦＢＩ，是溫哥華市警。或許是理所當然，不過真由美他們在停車場遇襲的事件由餐廳報警了。

她們處於受害者的立場，所以偵訊沒那麼嚴格。同行的夏綠蒂是律師，這也有緩和警方追問的效果。

但也因為全都是魔法師（嚴格來說夏綠蒂不是魔法師，是超能力者），所以需要一些時間查明現場遺留的魔法痕跡是不是來自她們，確認她們是否不當使用魔法。

向幹員下令的ＦＢＩ人員，應該是盤算即使沒有順利把人抓走，也能以不當使用魔法為理由逮捕真由美她們，就算沒能逮捕也能拘留。肯定是想要藉此製造醜聞給派遣她們的達也，以及和達也合作的史賓賽國防部長＝總統大選的對立候選人。

如果蕾娜沒制止使用魔法，這個企圖或許已經成功。只有真由美她們的話，很可能以身在日本的感覺使用魔法而被問罪。

畢竟再怎麼說，在日本國內，真由美是七草家的女兒，所以在她本人也不知道的狀況得到不少通融。也可以說是一種「同情」。即使在市區使用魔法，至今司法機構也都網開一面。

溫哥華尤其嚴格限制在公共場合使用魔法。真由美出國之前也將這個情報當成注意事項記在腦中。

不過魔法師連短期的海外旅行都實質被禁止，所以真由美沒有待在外國的經驗，沒有實際感受過國內外的差異，也沒有習得在國外行動時必須注意這個差異的教訓。這天夜晚，真由美差點中了這個陷阱。

◇◇◇

莉娜回到飯店的時間比真由美早得多，已經洗完澡正在放鬆。

「莉娜，瑪法克上尉好像抓到那群幹員了。」

外出確認狀況的蘇菲亞在這時候回房。

「不是DIA，是哈迪抓到的？」

「偵訊之後當然必須引渡給DIA，不過他們是還算堪用的魔法師，所以好像要在STARS做好事前準備再引渡。」

「他們接受過洗腦？」

在這個場合，「事前準備」指的是打造成這邊也能偵訊的狀態。「洗腦會損害魔法技能」這個說法在日本已成定論，但是在美國不一樣，一般認為即使是低階魔法師，也能在魔法技能賦予指向性，以犧牲多功能性為代價，大幅強化特定技能。

「雖然接下來才要調查，不過可能性不低。那些人原本隸屬於『巫軍』。」

「巫軍」是以沒能列為STARS候補的低階戰鬥魔法師組成的國內治安維持部隊。雖說低階卻是擁有實戰等級能力的魔法師軍人。

「這樣啊。」

即使聽到他們曾經是巫軍，莉娜也沒什麼反應。對於十幾歲就從STARLIGHT到STARS，一直走在菁英道路的莉娜來說，她不認為巫軍的經歷有什麼必須特別在意的必要性。

「好像是在軍法會議被判決有罪入獄之後被FBI挖角。」

「在軍法會議被判決有罪……到底是闖了什麼禍？」

這個問題也大半算是附和，莉娜沒有那麼感興趣。

「三年前在北墨西哥州發生過暴動吧？」

前墨西哥領地被USNA合併之後重劃為三個州。其中，北回歸線以北包括下加利福尼亞半島的區域是北墨西哥州。

「他們的罪狀是當時對當地居民施暴。這是部分州軍離反並且和聯邦軍敵對的原因，他們因而被加重刑罰。在官方記錄上是這麼記載的。」

不過聽到這裡，莉娜再也不能漠不關心。因為巫軍和州軍發生衝突之後，莉娜也以「安吉・希利鄔斯」的身分和STARS的部下一起被派遣到北墨西哥州。當時費了好一番工夫收拾事態，也是捲入反魔法主義者糾紛的苦澀回憶。

「……實際上不是嗎？」

蘇菲亞的「在官方記錄上」這個說法，使得莉娜覺得不對勁而反問。

「雖然必須詳細調查才知道……不過好像是高層逼他們扛起內鬨的責任。」

「也就是被當成代罪羔羊？」

「總之……或許是這麼回事。」

莉娜睜大雙眼說出的這句話，蘇菲亞以含糊的表現方式承認。

「啊……」

蘇菲亞隨即發出這個聲音，因為莉娜的這個反應，使得她後知後覺想到莉娜曾經以「安吉·希利鄔斯」的身分出動鎮壓北墨西哥州的暴動。

「莉娜，妳對此沒有責任。」

蘇菲亞連忙補充這麼說。

「雖然不知道詳情，不過妳當時光是收拾事態就非常辛苦吧？巫軍雖然同為聯邦軍卻是完全不一樣的組織，即使是『天狼星』也不可能知道他們內部發生什麼事。」

「——這我知道。我沒興趣為了這種事情自責，所以不用擔心。」

莉娜以笑容回應。

但是她的這張表情，反映出她的心情不像嘴上說的那麼放得下。

就像這樣，利用ＦＢＩ非法幹員進行的祕密行動完全以失敗收場。

不過對於阻止這項行動的莉娜來說，事後回想起來也不是滋味。

【4】兩塊石板

制止FBI企圖擄走真由美的陰謀，對於莉娜來說不是太難的任務。但因為費了不少工夫，所以莉娜無暇注意到沙斯塔山發生的事件。

如果在野黨總統參選人幕僚暗中操控的FBI沒有浪費心力出手，或許能阻止接下來美國西岸的大混亂於未然。

六月二十九日傍晚。雖說是傍晚但天色還很亮。剛過夏至的這個時期，現在要日落還太早。

監視FAIR的遙與路易・魯，目擊到走出瀑布後方的盜挖部隊一臉興奮拿出疑似是石板的物體。

尺寸大約是美規的標準紙張再大一輪。沒有很厚，以拿著石板的手做比較，大概是一根手指的厚度。

兩塊石板由兩人各拿一塊。或許比表面上看起來還重。一塊是白色，一塊是黑色。他們所在的樹蔭處比較陰暗，無法辨識細部色調。

遙提高收音麥克風的靈敏度。她身旁單耳戴著耳機的路易也一樣在調整音量。

『……就是這個。你們做得很好。』

聽得到接過黑色石板的蘿拉出言慰勞挖出石板的部下。

遙與路易轉頭相視。看來ＦＡＩＲ挖到想要的東西了。

『請問這一塊怎麼處理？』

拿著白色石板的挖掘隊員遞出石板詢問蘿拉。

遙他們再度專注聆聽。

『……我不太確定。為求謹慎就帶回去調查吧。』

蘿拉說完下令撤離。

「要怎麼做？」

遙詢問路易。

「我認為應該就此收手。」

然後她補充這句話。她判斷客戶委託的工作已經完成，獲得足夠的成果。

「菲爾茲小姐，請把物證的記憶體送回總部。」

遙對於這個指示本身也沒有異議。

「先生，你接下來要做什麼？」

但是遙無法忽略路易像是要打草驚蛇的不祥預感。她不在意當事人路易被蛇咬，但是完全不想被波及。

「那塊黑色石板不能交給ＦＡＩＲ。雖然是直覺，但我抱持這種確信。」

「……你打算去搶嗎？」

「在這裡道別吧。妳快點回總部。」

路易沒回答問題，顯示他就是要這麼做。

「太胡來了」這句話來到遙的喉頭。

「我知道了。先生，請小心。」

但是她沒說出這句話。

遙快步離開現場。

遙一躲進樹後，路易就感覺不到她的存在。

◇　◇　◇

蘿拉親自拿著黑色石板，讓手拿白色石板的成員緊跟在後。前往自動車停放的空地途中，她在興奮的同時感到像是焦躁的情緒。

表情與態度一如往常給人冷酷的印象。至少在盜挖部隊成員眼中是維持冷靜沉著的樣子。但是在她的內心，想盡快帶回成果的心情以及走不快的腳步形成反差，甚至令她開始不耐煩。

沙斯塔山是知名觀光景點，然而並不是各處都有人維護。

這附近遠離觀光路線與登山路線，沒有人工鋪整的道路。現在蘿拉他們走的路，是人們反覆行走踩踏而形成的自助登山路。沒有經過鋪整以致腳下的路面不平。同時因為沒有完全去除雜草，不知道哪裡藏著什麼東西，前進的時候必須慎重確認。

原本就是山路，無法以走在平地的步調前進，加上路況這麼惡劣，雙手又塞滿相當沉重的物體，當然無法自由自在踏出腳步。

平常蘿拉不會被這種事擾亂內心。但是剛才獲得的是更勝於聖遺物的「導師之石板」，她想盡快將石板送到心愛的ＦＡＩＲ領袖洛基．狄恩身邊，這個想法侵蝕著她的意識。

不知道這是忠誠，是愛情，抑或是完全不同的情感。

其實蘿拉自己也不清楚。不過想為迪恩盡心盡力的奉獻慾望，在她心中屬於第一順位。

這份情感的名稱或許是「執著」。

這份執著使得視野變得狹隘。

或許正因如此，所以明明平常應該更早察覺，她卻晚一步察覺某人想對他們不利的氣息。

◇◇◇

小野遙有一段時期是九重八雲的徒弟。

不是僧侶身分的八雲徒弟，是忍術使的徒弟——此外八雲自己喜歡「忍者」這個古式的傳統名稱。

身為BS魔法師——先天特異能力者的遙，在自己的特異能力「完全消除自身氣息與存在感不會被他人認知」失控時被八雲發現並且伸出援手，她以此為契機拜八雲為師。

所以她成為八雲徒弟的原本目的，是要控制這種可說是「完全隱形」的特殊異能。不過八雲是忍者。在他門下進行的法術修行和忍者修行是不可分割的，遙當然也不只是接受控制異能的修行，也接受了體術的修行。

她的目的不是成為忍者，是習得控制異能的技能。

八雲也尊重這一點，體術修行僅止於適中的水準。不過這裡說的「適中」始終是八雲的基準。遙離開八雲身邊的時候，已經非自願獲得了優秀斥候兵的身體能力。

以她的狀況，在市區的跟蹤或潛入任務幾乎都依賴「不會被人認知」的特異能力。不過離開市區進入山林之後，忍者的修行就發揮效果。因此遙在這幾天的表現，超越了昔日由民間軍事公司資深警衛（實質上是傭兵）的父親傳授各種技術的路易。

基於這樣的背景，所以遙遠比ＦＡＩＲ一行人更早下山抵達可以正常撥通電話的地方，並不是什麼奇怪的事。

「……哈囉，甘格農小姐，我是偵探菲爾茲。」

對方一接電話，遙就主動開口。這是視訊電話，所以看臉就知道對方是誰，不過她基於商業禮貌還是自報姓名。

『哈囉，我是甘格農。發生了什麼事嗎？』

「是的，我認為這是緊急事態，所以像這樣打電話給您。」

畫面上的夏綠蒂臉色大變，回應『請告訴我』催促遙說下去。

「ＦＡＩＲ已經獲得想要的遺物。這邊確保了當時的影像。」

『這樣啊，您辛苦了。』

「不過魯先生主張要拿回那個遺物，我在山上就和他分頭行動了。」

夏綠蒂的表情愈來愈緊繃。

『那麼，路易他現在……』

「是的，正在追蹤ＦＡＩＲ，或許已經準備採取行動。」

『菲爾茲小姐，感謝通知。請立刻帶著證據影片回來。』

夏綠蒂以難掩焦急的語氣迅速這麼說。

「收到。」

從一開始就不打算前去助陣的遙，對這個指示沒有異議。

◇　◇　◇

（要在他們穿越森林上車之前決勝負。）

躲在樹林追蹤蘿拉等人的路易如此心想。

他的魔法是「分身」。製作自己的合成體，使其擁有幻術攻擊能力的一種分身術。主要用途是讓對方誤以為遭受攻擊而造成傷害，但是合成體也可以擁有物質層面的干涉力。

基於路易本身魔法力的問題，賦予合成體分身的物理強度低於成年男性的臂力，不過應該可以拿走蘿拉所抱的石板。合成體本身沒有質量，所以移動速度可以很快。

只是問題在於蘿拉是魔女。魔女的魔法感知能力很強，也擅長經由魔法層面的連結攻擊術士主體的技術。

假設路易可以找到可乘之機奪走石板。

不過既然蘿拉是魔女，要追蹤路易的分身或許比追蹤真人還要容易。而且在石板交給路易本人的瞬間，蘿拉或許也可以透過自己接觸過的石板對路易發動攻擊。

路易上次從蘿拉那裡嘗到苦頭至今不到一個月。當時魔女的魔法也是透過路易逃走的分身命中他。

（與其用「分身」接觸那個魔女，我自己出擊反倒比較有勝算吧？）

忽然間，路易腦中浮現這個點子。路易覺得這個點子意外不錯。

逆向思考，把分身當成誘餌，由他自己搶奪石板。

這麼一來必須衝進十人以上，正確來說是包括蘿拉共十三人的敵方集團，不過只要分身聲東擊西巧妙分散對方，就可以勉強克服人數上的劣勢。

（——就這麼辦。）

必須帶走那些石板。來自直覺的這個警告，如今只有增強不曾減弱。看來應該要下定決心承擔一些風險。

路易內心做出這個決定。

◇　◇　◇

「夏莉，還沒連絡上路易嗎？」

在溫哥華的FEHR總部，領袖莉娜難得露出狼狽神情。

「不行。他好像把終端裝置的手機功能關掉了。」

夏綠蒂也藏不住焦躁。露卡・菲爾茲——小野遙打電話告知路易・魯採取意料之外的行動，兩人態度因而失去沉穩。

「明明說過那麼多次不要勉強了……」

派遣曾經被蘿拉・西蒙以魔法打傷的路易進行相同工作，蕾娜當然感到不安，所以在路易即將再度出發時，她絮絮叨叨再三叮嚀「不要勉強自己」。

「現在連絡得上菲爾茲小姐。追加委託她去阻止路易吧。」

「……不，這應該做不到。先前拜託她讓路易同行的時候，她提出的條件是一旦遭遇危險就會獨自逃走，我們也接受了這個條件。現在委託她回頭幫忙將會違反契約。」

夏綠蒂情非得已提出的方案，蕾娜沒有接受。

「也對……您說得沒錯。」

夏綠蒂承認自己的錯誤。身為律師卻建議違約，她對於這樣的自己感到可恥。

但是也不能就這麼毫無行動。路易要做的事情太危險了。蕾娜蒼白的臉色顯示她比夏綠蒂更強烈這麼認為。

「——蕾娜，要不要找遠上先生協助？」

「找遼介？」

臉上滿是不安的蕾娜雙眼混入驚訝神情。

「他的近戰能力在我們組織首屈一指。尤其在防禦方面，無論面對魔法攻擊或是物理攻擊都擁有傑出的能力。在現在這個狀況，我認為他是成員之中最適合救出路易的人選。」

「可是就算要去協助，時間也……」

「是的，開車需要將近半天的時間，所以租用小飛機吧。輕航機的話我有門路租用，應該可以立刻準備。」

蕾娜思考夏綠蒂的提案。這次她沒有立刻駁回。

「不過要在來得及的狀況下找到路易，運氣必須很好……」

夏綠蒂將「事情無法挽回之前」改成「來得及的狀況下」這個委婉的說法。

不過蕾娜完全知道她想表達的意思。

「——這部分我來想辦法。」

危機意識被激發，推動蕾娜做出決定。

夏綠蒂立刻理解到蕾娜「想辦法」這三個字的意思。

「蕾娜，這樣很危險！讓星幽體飛到『魔女』所在處的風險太大了。」

而且夏綠蒂連忙制止蕾娜。依照一般的說法，魔女比起攻擊肉體更擅長攻擊精神體。星幽體不是精神本身，但是明顯擁有精神體的特徵，而且對星幽體造成的傷害會直接傳達到精神。

「不，路易身處的狀況才是更大的風險。」

然而蕾娜眼中隱含強烈的光芒搖了搖頭。

看到這張表情，夏綠蒂放棄勸她打消念頭。

「剩下的問題在於遼介是否答應……」

蕾娜憂心低語。

「這一點我認為沒問題。」

夏綠蒂以莫名平淡的表情斷定她白操心。

「只要蕾娜出面拜託，遠上先生肯定二話不說就答應。」

而且她補充這段話。

蕾娜露出有點疑惑的表情，朝著視訊電話的按鍵伸手。有線電話在某段時期被行動電話壓得抬不起頭，但是在視訊電話普及之後取回主角寶座。

蕾娜從螢幕開啟的通訊錄選出遼介的名字，將手指伸過去。

◇　◇　◇

昨天剛發生那種事，所以真由美與摩利今天一整天窩在飯店。三餐依賴飯店的餐廳以及客房服務。

遼介今天一整天自由行動。溫哥華對他來說熟門熟路，即使獨自一人也不會遭遇困難。其實他很想去見蕾娜，但因為剛被警方盯上所以忍了下來。

就算被盯上，遼介這次其實是受害者的立場，但他知道這裡的警察對於魔法師相關的犯罪有著敏感的一面。不只是魔法師犯的罪，以魔法師為對象犯的罪，警方也同樣……不，或許更加繃緊神經。

五年前，反魔法主義的火焰首先在舊ＵＳＡ領土東岸熊熊燃燒。在溫哥華這裡不知道是幸還是不幸，當時的市長是真正的人道主義者，而且相當好戰。

他明確發言批判反魔法主義運動是在侵害人權，宣布和反魔法運動核心的人類主義者集團敵對。也就是公然對當時的「氣氛」下戰書。

反魔法主義者當然把他視為眼中釘。近乎恐攻的抗議活動在溫哥華橫行。

然而市長完全不妥協，徹底對抗反魔法主義，在態度上堅持平等保護魔法師與非魔法師的人權。蕾娜將ＦＥＨＲ的根據地選在溫哥華，可說是因為這位市長的政治態度。

但是另一方面，市內徹底取締魔法師的犯罪行為。如同要證明「魔法師也一樣是人類」這則政治信條，市長極端厭惡被別人認為他優待魔法師。結果就是警方以嚴格態度處理魔法師是加害者或被害者的犯罪案件。

即使市長換人，這個方針也繼續堅持下去。禁止在公共場合擅自使用魔法的命令比其他縣市嚴格許多，也是這個方針的一環。

遼介還在這裡的大學認真念書，不太清楚這種事的那個時候，曾經為了逮捕湊巧目擊的搶匪而忍不住使用魔法。雖說是魔法，卻不是發射類型的攻擊魔法，是在自己身體包覆護罩的魔法，也就是「反應護甲」。而且這麼做是為了對付搶匪拔出的手槍，在美國的其他縣市應該會立刻以正當防衛了事。

但是這座城市的警察不一樣。雖然沒被送進拘留所，但是為了說服警方是正當防衛，遼介連日都要到警局報到。其實他和ＦＥＨＲ——和蕾娜結緣的契機，也是因為當時接受支援。基於這層意義，這段體驗並非只有壞處可言。

話是這麼說，不過這段往事足以在遼介內心植入不擅長對付溫哥華市警的意識。他採取過於慎重的態度或許也在所難免。

因此，他晚餐也不去適合觀光客的店，而是打算去便宜的大眾餐廳解決。電話鈴聲在他準備外出的時候響起。

在美國的飯店，客房終端機連結到行動終端裝置當成有線電話使用的功能相當完善。不必由飯店設定，也不必變更電話號碼，就能使用視訊通話的服務。由於利用了行動終端裝置的資料，所以來電畫面顯示出登錄在終端裝置的來電人姓名。

來電人的登錄名稱是「Milady」。

遼介像是撲過去般按下通話鍵。

出現在螢幕的無疑是蕾娜。

「是，請問您有什麼事？」

遼介以拘謹的語氣接電話。

『晚安，遼介。難道你正要出門？』

面對遼介的氣勢，蕾娜絲毫不為所動。不只是遼介，她平常面對交談的對象都是這種態度。

「我只是準備出門吃晚餐，一點都不忙。」

所以任何事都儘管吩咐吧。遼介如此暗示。

『那就好。我想拜託你一件有點……不，是非常麻煩的事情……』

「我願意！請儘管告訴我吧！」

蕾娜隱含滿滿猶豫與罪惡感的這句話，被遼介氣勢十足的承諾話語蓋過。

──連委託內容都沒聽。

『那個……可以請你來機場的南航廈嗎？細節在那裡說明。』

蕾娜一邊猶豫一邊說下去。看來她對遼介這份態度的驚訝與罪惡感暫時飛到九霄雲外。

「我立刻過去。」

遼介當然二話不說點頭答應。

正如自己所說，遼介以最快速度出現在溫哥華國際機場南航廈。這座航廈提供給定期航班以外的公司或私人專用飛機起降。

蕾娜已經在航廈等待。她身旁是夏綠蒂，夏綠蒂旁邊站著遼介不認識的中年男性。

「……路易在做這種事？」

聽完蕾娜與夏綠蒂的說明之後，遼介睜大雙眼，以差點走音的聲音問。

在ＦＥＨＲ內部，路易和遼介交情很好。兩人都是武鬥派，天分也都偏向於特定魔法，所以對彼此有所共鳴。

「是的。遼介，把這個危險的工作扔給你，我非常過意不去……」

「請不用在意。路易也是我的朋友。Milady，我剛才也說過，只要您願意依賴我，任何工作我都很樂意接受。」

「——謝謝。不過遼介，你要小心。請千萬不要疏於保護自己。」

「知道了。我絕對不會做出害Milady發愁的事。」

遼介果斷做出約定，不對，是立下誓言。

大概是覺得不必繼續叮嚀吧。蕾娜向遼介點頭之後，以眼神對夏綠蒂示意。

「遠上先生，他會駕駛輕航機送你到沙斯塔山。」

夏綠蒂說完，她身旁的男性機師接著進行自我介紹。遼介自報姓名回應，和他握手。

「在沙斯塔山那邊，已經在最近的城鎮安排車輛與駕駛。但那名駕駛不是FEHR的成員，所以只能期待最底限的支援。」

「我知道了。」

「還有，這個先給你。」

夏綠蒂說完遞給遼介一個可以握在手心的小型機械。

「這是……？」

遼介在發問的同時注視手心上的機械。這個簡單的機械只有一大一小兩個按鍵，以及像是豆粒般的指示器。

「是飛行演算裝置。」

夏綠蒂如此回答。「這就是……」遼介輕聲這麼說。

「操作方法很單純。使用的時候一邊注入想子一邊按大的按鍵，停止的時候按小的按鍵。只要不按停止鍵就會持續運作。」

「使用這個從機上跳下去就好嗎？」

「不，這是用在飛機萬一出問題的緊急狀況。」

遼介沒想太多這麼問，夏綠蒂以傻眼語氣回答。

「蕾娜剛剛才說不要做出危險的舉動吧？千萬不要打什麼鬼主意。」

「知道了。」

不只是夏綠蒂狠狠瞪過來，蕾娜也投以哀傷的視線，遼介連忙端正姿勢。

「Milady，我出發了。」

「路上小心，路易就拜託你了。」

在蕾娜目送之下，遼介和機師一起走向跑道上的輕航機。

◇◇◇

此時，路易為了逃離FAIR的追捕，漫無目標在森林裡亂跑。

早就已經沒掌握自己現在的位置。

總之路易滿腦子只想要成功逃離。

（——乾脆扔掉吧？）

他的注意力瞥向抱在左腋下的白色石板。

到最後他沒能從蘿拉手中搶走黑色石板。雖然成功以「分身」移開蘿拉的注意力，但是蘿拉身旁像是野獸的男性察覺他接近。

路易對付這名男性的時候也被蘿拉發現，不得不逃走。當時頂多只能趁亂從其他成員搶來這塊白色石板。

不過看起來並非完全徒勞無功。因為他們像這樣死纏爛打追過來。

應該不是在追捕路易，他們的目的肯定是搶回白色石板。

如果白色石板被偷走也沒關係，蘿拉絕對會優先把黑色石板拿回去。

然而蘿拉沒將追捕路易的任務交給部下，而是親自指揮。不只是黑色石板，她明顯也堅持要帶走白色石板。

（到頭來，這塊石板是什麼？）

（難道這也是聖遺物？）

思考這種事的時候，忽然發現前方地面有龜裂。路易連忙停下腳步以燈光照射，看向下方。

大約兩公尺深的小型山崖下方是小溪。

只要沒看錯流向，沿著小溪幾乎肯定能走到山腳。迷失現在位置的路易下定決心跳下山崖。

幸好著地的時候沒傷到腳。路易環視四周，發現一個朝向小溪的洞窟。

勉強能讓一個人進入，與其說洞窟更適合形容為崖壁凹洞的空間。路易決定暫時躲在裡面回復體力。

路易在這段時間試著調查石板。如果是聖遺物，注入想子就會產生某種反應。但是這麼做會增加被FAIR發現的風險。他決定使用魔法以外的方法。

首先以情報終端裝置拍攝石板的照片。將解析度設定到最高，從所有角度拍照以免漏掉任何細節。接著使用錄音功能，錄下輕敲石板的回音。假設無法帶回石板，帶回這些資料肯定也能查出某些端倪。

石板表面平滑得不像是曾經埋在地下，表面沒看見像是文字的東西。不過為求謹慎，路易試著將神經集中在指尖緩慢撫摸。

然後，他感覺到了。

不是凹凸，是摩擦的差異。手指容易滑動與不容易滑動的方向，在各處不盡相同。

不過如果這是刻意使然，埋在地下接觸沙土與小石至今還能維持當初的狀態嗎？反倒也可能是在地下形成的細微傷痕。

（在這裡辦不到嗎……）

繼續想也想不出所以然。路易做出這個結論。

只能回去之後再調查。這塊石板果然無論如何都應該帶回去。

路易如此心想，走出洞窟。

呼吸與脈搏很穩定，休息的效果十分充足。為了盡量避免被上方發現，他貼著岩壁行走，依賴微弱的照明沿著小溪而下。

◇◇◇

路易正在洞窟稍做休息的時候，遼介在輕航機上。

這是單螺旋槳飛機。在上一個世紀，這種輕航機一般都是使用活塞引擎，不過現代的主流是電動馬達飛機。遼介搭乘的這架飛機也是以電動馬達為動力。

起飛至今將近兩小時，飛機即將抵達沙斯塔山上空。

「不好意思，請降低高度。」

「……我知道了。」

機師雖然疑惑，卻沒問理由就回應遼介的要求。

遼介以機上附設可以即時顯示現在位置的地圖，比對自己終端裝置裡依照遙的報告標示路易推定位置的地圖檔案。

「我要跳下去。請在現在這個位置盤旋。」

「啊？你認真嗎？」

機師這次終究忍不住反問。

「沒問題。別看我這樣，我也是魔法師。」

「……我知道了。」

機師很乾脆地不再過問是基於兩個理由。

首先，他已經在某種程度習慣魔法師的胡來行徑。他是以夏綠蒂的人脈找來的機師，換句話說是夏綠蒂在ＦＢＩ時期的協助者，現在也和ＦＢＩ有交情。也曾經載著像是襲擊真由美等人的那種幹員飛行。不帶降落傘就跳機的魔法師，遼介並不是第一人。

另一個理由是他基於至今協助ＦＢＩ祕密工作的經驗，告誡自己不能追究「客人」的隱情。一個不小心的話，不知道會被捲入多麼危險的案件。

幸好他自己不曾遭遇危險，卻聽過好幾個因為無謂好奇心而自取滅亡的「運送員」傳聞。和魔法師相關的案件尤其危險，他非常清楚這一點。

所以即使正在飛行，他也依照遼介的要求以遙控方式開啟艙門。當然是高度降得夠低，機艙減壓才這麼做。

「謝謝。不好意思，請關門吧。」

遼介說完跳下飛機，機師只回應一句「收到」。

◇◇◇

跳下輕航機之後，遼介隨即按下夏綠蒂給他的飛行演算裝置啟動鍵。啟動式從握著演算裝置的右手讀取，發動飛行魔法。

遼介這是第一次使用飛行魔法。不只是使用VR的模擬飛行，連使用方式的課程都沒上過。他從一開始就沒想過可以自由飛翔，所以只專注於減緩降落速度。

飛行魔法毫無問題回應他的意願。沒練習過還是順利成功，遼介在空中鬆了口氣。

他不慌張。因為他知道即使飛行魔法沒順利發動，只要身披「反應護甲」，就算撞擊地面也完全不會受傷。

輕航機的距地高度（不是海拔高度）是兩百公尺左右。加上空氣阻力來計算，撞擊地面時的速度大概是時速兩百公里左右。

「反應護甲」也具備完整的慣性中和功能。即使被時速兩百公里左右的車輛或列車撞飛，術士也不會受到任何傷害。主動與被動撞上大質量的巨大物體，受到的衝擊是一樣的。

所以遼介不擔心受傷，不過如果可以軟著陸，心情上會比較輕鬆，所以他使用飛行魔法。

他打算一落地就立刻開始行動。

電動螺旋槳飛機的特徵在於噪音很小。馬達驅動聲相較於活塞引擎聲幾乎等於無聲。輕航機的飛行速度不會快到讓機身的風切聲成為噪音，所以在地面頂多聽得到螺旋槳劃破空氣的聲音。

因此在山林各處奔跑的ＦＡＩＲ，應該不會發現遼介搭乘前來的輕航機。降落時使用飛行魔法的氣息或許有人可以敏感察覺，但遼介降落只用十秒多的時間，沒被察覺的可能性比較高。

即使如此，遼介還是認為應該立刻當場行動。

好友路易．魯或許正深陷危機，遼介沒有悠哉的餘裕。

但在冒出這個念頭的下一秒，他的腳停止動作。

（路易在哪裡……？）

說來可惜，遼介沒有能在遼闊山中瞬間找出特定人物的能力。

他事到如今才察覺自己忘記詢問這個不可或缺的情報。

（我到底要怎麼去救路易？）

遼介以想不出辦法的表情注視……不對，是瞪視行動終端裝置。

應該打電話問蕾娜或夏綠蒂。他的腦袋明白這一點。

不過這樣好尷尬。感覺非常脫線。

（抵達當地才察覺自己忘記某些事，這樣不是很丟臉嗎？）

（……別打電話給Milady吧。）

遼介操作終端裝置，在螢幕上顯示夏綠蒂的電話號碼。

不過在他按下通話鍵之前……

『遼介，我明明百般叮嚀別做出危險的舉動……』

遼介聽到蕾娜哀傷的聲音。

平常他會很歡迎，不過現在以時機來說，他希望是自己聽錯。

不過，遼介知道這不是什麼幻聽。

「——Milady，這是誤會。」

他抬頭對空中說話。

該處浮著全身隱約發光的蕾娜。

浮現在夜晚黑暗中的光之美女。

不對，正直形容外表的話應該是「光之美少女」，不過無論怎麼形容，她的樣貌甚至有種神聖的感覺。

星幽體投射。

浮在半空中的蕾娜，是她的星幽投影體。

「您知道我的魔法吧？那種程度的高度對我來說連危險都稱不上。」

雖然語氣光明正大，但是遼介內心在慌張。

他說的完全是事實，同時終究也只不過是藉口。

遼介無論如何都想避免惹得蕾娜生氣，不對，應該說避免害得蕾娜哀傷。

空中的蕾娜嘆了口氣。

幸好她的表情沒有憤怒或哀傷。

『並不是以結果來說沒受傷就好。因為魔法並非百分百確實有效。』

從她口中說出的是規勸遼介的話語。

不過語氣隱含的情感主成分是「真拿你沒辦法……」這種灰心的想法。

「是，Milady。今後我會注意。」

『遼介真的很會迎合別人耶。』

即使是這種出乎意料的評價，只要出自蕾娜之口，遼介就會毫不在意接受。

「不提這個，Milady。您像這樣出現在我面前，是為了告訴我路易的下落吧？」

遼介改變話題。

『是的。』

蕾娜也沒有被說教的心情拖累。她理解事情的優先順序。

『路易正在前方的小溪往下游走。距離這裡大約一英里。』

蕾娜說著平舉右手，指著面向山頂右前方三十度左右的場所。

以自己的腳程，即使在山上，一英里也不算遠——達介如此心想。雖然剛才是隨便挑選地點降落，不過看來幸好沒有錯得很離譜。

「謝謝。」

『我沒辦法一直為你帶路，但他變更路線的話，我會再來告訴你。』

蕾娜說完就像是溶入空氣般消失。不對，「幽體脫離」是從肉體分離出意識體使其移動，不過另一種術式是干涉漂浮於投射地點的想子製作出想子情報體，再將意識轉移過去的「星幽體投射」。蕾娜使用的術式是後者，所以形容為「溶入空氣」或許正確。

目送蕾娜完全消失之後，達介重新揹好裝有傷藥與簡易食物的背包，猛然朝她指示的方向奔跑。

進入茂盛的樹林之後，連星光都射不進來。

但是達介的腳步毫不猶豫。

全力奔跑的氣勢也沒衰減。如果是無機物環繞的城市就算了，在只有自然物會成為障礙的山林裡，只要不是完全漆黑，達介不會覺得行動受限。因為他感覺得到樹木或岩石釋放的靈能量，也就是「氣」的放射。

魔法師天分較為偏頗的達介，不像達也或是光宣得天獨厚擁有「看見」情報體的知覺能力。

不過他將魔法的修練改成武術的修行，不是磨練「看見」想子情報體的能力，而是磨練感應

「氣」的能力。不是人造物圍繞的城市或工廠，如同現在身處的山林這樣充滿「氣」的場所，對他來說才是發揮實力的主場。

遼介感受著自然物的「氣」，也在奔跑的同時尋找「氣息」。可惜他沒有超乎常人的知覺能力，無法感受到一公里以外的人類氣息，不過接近到五十公尺左右就能感受到人類的氣息，要是距離再拉近一半，也可以辨別對方是否是熟人。

在都市，他人的氣息會造成暈眩，所以遼介封閉這個知覺。但在這裡就不用擔心這種事。

（嗯？）

遼介的天線捕捉到某人的氣息，因而停下腳步。他暫時背對粗樹幹，從氣息傳來的方向隱藏自己的身體，無聲無息再度開始移動。

已經進入可以分辨氣息的距離。

正如他的警戒，對方不是路易。未必不可能是毫不相關的外人，然而幾乎肯定是ＦＡＩＲ。不規則的腳步是菜鳥獵人尋找獵物時的特徵。

（看來沒錯。）

路易正被ＦＡＩＲ追著到處跑。遼介重新這麼確信。

（要解決掉嗎？不……）

遼介感應到的對象是雙人組。

他們似乎沒察覺遼介。現在出手肯定可以打倒吧。

但是他們行進的方向，和蕾娜指示的場所不同。

遼介遠離應該是ＦＡＩＲ的雙人組。他決定優先和路易會合。

又行走約一百公尺時，再度出現的蕾娜星幽體指示他修正路線。

然後奔跑約十分鐘後……

「路易！」

遼介終於找到路易。

和遼介會合的時候，路易已經消耗到極限。獨自在陰暗的山中逃走應該非常耗損神經吧。看起來沒流血，也沒有扭傷拖著腳走路的樣子。不過大概是曾經摔倒，好幾個地方出現跌打損傷。

「遼介……你為什麼在這裡？」

路易瞬間作勢應戰，不過應該是在看見之前先從聲音認出遼介，他的聲音沒有警戒感，而是被驚訝與疑問占據。

「是Milady的命令。」

其實不是「命令」是「請求」，不過對於遼介來說是一樣的。不，真要說的話，遼介希望蕾娜命令他。大概是因此導致內心的認知被替換吧。

「Milady命令你……？」

路易和蕾娜的交情最久，知道蕾娜這個人不會以「命令」把成員扔進這種危險狀況，所以遼介這句話令他強烈覺得不對勁……

「所以你來救我？」

但是現在不是計較這種事的場合。路易改變心態這麼想。

「沒錯。」

「謝謝。但是抱歉，我應該跑不動了。幫我把這個拿回去。」

或許是同伴登場導致緊繃的線斷開。疲憊神色頓時變得明顯的路易，將石板交給遼介。

「這是？」

「FAIR在那個瀑布後方洞窟挖到的東西。」

「原來你成功搶到了。」

聽到遼介隱含稱讚的這句話，路易搖了搖頭。

「不……他們真正的目標肯定是蘿拉・西蒙手上的黑色石板。我沒搶到那一塊，頂多只搶到部下手上的這塊白色石板。」

「但也是重要的證物吧。我知道了，這個由我保管。」

遼介放下背包，將石板放進空位，將背包裡的水與簡易食物拿給路易。

「總之喝吧。能吃的話就吃。」

路易聽話喝水，吞下果凍狀的簡易食物。

路易將空的容器塞進口袋之後，遼介將背包掛在胸前，在他前方蹲下。

「？」

「你在做什麼？快上來吧。」

「你……！」

差點放聲大喊的路易摀住自己的嘴。

「你要揹著我走？」

然後改口輕聲問。

「以你現在的狀態，這麼做比較快。」

「別說傻話！不可能成功逃走的。」

「我才想說你不要瞧不起我。你一個人的重量不會成為太大的負擔。」

遼介以堅定語氣斷言。

得知他的認真程度之後，路易啞口無言。

「Milady下令要平安帶你回去。我絕對會完成那一位的命令，不接受異議。」

然後路易接觸到遼介的狂熱信仰心，決定放棄說服。

他乖乖趴在遼介背上。

路易的身高是一七六公分，遼介是一八〇公分，體重也幾乎相同。雖然不可能不成為負擔，不過遼介以路易獨自行動時還快的速度沿著小溪往下游開跑。

而且沒開燈。

「呃，喂……」

路易忍不住感到恐怖，不由得向遼介搭話。

「別說話，會咬到舌頭。」

路易閉嘴了。與其說是擔心咬到舌頭，應該說他認為會妨礙到遼介。

走在石塊較多的溪床終究沒辦法無聲前進。遼介以石頭摩擦的聲音為伴奏朝著山腳往下跑。

然而這段順暢的進擊只持續不到十五分鐘。

◇◇◇

佇立在森林裡的蘿拉口中冒出白煙。

她將石板抱在左腋下，右手拿著細長的管子。形狀類似日本所說的「煙管」。

然而蘿拉吐出的不是菸草的煙。

是她自己調合的麻藥──「摩女之祕藥」的煙。

她抽著煙管，將深深吸入胸腔的煙緩慢吐出。

以失焦雙眼注視這股煙的蘿拉忽然急促眨眼，煙管離開嘴邊。

「我看見細小的水流。FEHR的小偷沿著溪流下山。」

她正在以魔女的法術尋找搶走白色石板的路易·魯下落。

「請問那條小溪在哪裡？」

蘿拉說完，一名女性部下反問。

「在那裡。」

蘿拉看起來沒有壞了心情，將煙管朝向側邊。

「我們立刻過去。」

得到蘿拉回答的部下打開戴在耳朵的通訊機，朝著煙管指示的方向跑走。

在場的其他成員也跟在她身後。

蘿拉在最後緩慢踏出腳步。

◇　◇　◇

遼介被包圍了。

剛開始只是從背後追過來。認知到後方敵人的遼介因為揹著路易，決定以逃走為優先。

這是錯誤的選擇。

前方埋伏著三人。遼介察覺之後，做好這次真的必須強行突破的心理準備。然而埋伏的三人也維持著和遼介相同的速度後退。

維持相同距離的追蹤者與伏兵。遼介終究覺得可疑的時候，左右也被封鎖了。低矮的山崖上也有敵人的身影。

前後左右各三人，合計十二人的包圍網。

「路易，你能動嗎？」

遼介停下腳步，詢問背上的路易。

「啊，啊啊。託你的福回復很多了。」

路易說著從遼介的背上著地。

「可是，遼介……」

該怎麼辦？路易提出沒化為言語的這個問題。

「強行突破。只能這麼做了。」

遼介重新將背包揹在身後，簡潔回答。

或許是聽到這聲回答，包圍他的十二人冒出敵意以及發動魔法的徵兆。一觸即發。

不過舞台就這麼維持這股氣氛，暫時將時間讓給新的登場人物。

服裝不太適合登山的蘿拉．西蒙出現在其中一側的山崖上。

比夜晚的黑暗還深的黑色連身長裙。

稍微露出來的腳別說是登山鞋，甚至也不是運動鞋，是赤腳穿著涼鞋。

右手拿著近似日式煙管的細長管子，左腋下抱著黑色石板。

「晚安，小偷們。FEHR的副領袖路易．魯，然後你是……遠上遼介嗎？」

「喔，妳認識我啊。溝鼠群老大的情婦。」

蘿拉柳眉倒豎。她為了讓自己鎮靜而朝著煙管吹氣，這口煙用力吐向遼介。

不是氣息或煙吹得到的距離。

然而距離遼介身體約十公分左右的位置迸出想子光。

「喔……居然擋下這招，看來你有點本事。」

蘿拉像是佩服，同時像是瞧不起般低語。

剛才的現象是遼介的「反應護甲」對蘿拉的咒術攻擊起反應而產生的。

個體裝甲魔法「反應護甲」原本預設的是要阻絕軍隊的物理攻擊。前第十研沒有在「反應護甲」加入防禦精神干涉系魔法的性能。

不過遼介長時間待在擅長強力精神干涉系魔法的蕾娜身旁，因而適應了這一類的魔法。識別是否是有害的精神干涉系魔法，阻絕有害的魔法。遼介就像這樣讓「反應裝甲」進化。

只不過雖說擋下攻擊，遼介卻一點都不從容。

蘿拉沒使用CAD，也沒有集中意識的形跡。就只是吐了一口煙。

光是這樣就能施放魔法，使得遼介遭受不小的震撼。

（這個女人是超能力者嗎？可是……）

遼介聽說FAIR的蘿拉．西蒙是魔女——是古式魔法師。

一般來說，古式魔法師的弱點在於魔法發動速度。遼介也是根據這個概念思考戰術。

然而如果是超能力者，特徵就恰好相反。魔法師和超能力者交戰的場合，速度正是超能力者最強的武器。對策從根本上就不一樣。

而且即使是超能力者，肯定也需要集中精神的時間。剛才蘿拉的攻擊甚至沒有這段時間。

（……苦惱也沒用。反正我能做的事情有限。）

遼介短暫苦惱之後決定放手一搏。

他稍微壓低重心。為了殺出血路，遼介暗中進入戰鬥態勢。

「ＦＥＨＲ的遠上。今晚我想要的不是你們的血。」

不過蘿拉以對話語氣搭話，削減遼介的氣勢。

「把那個男人從我們這裡搶走的東西交出來。這麼一來我會在這裡放你們一馬。」

「……這原本不是你們的東西。」

「如果我們沒挖出來，那個東西只會沉眠在地下。恐怕是永遠沉眠。」

「就算這麼說，也沒道理可以歸你們所有。」

「你們不也一樣嗎？這不構成你們可以帶走那東西的理由。」

「我會依法交給應該負責的政府機構。」

「因為這裡是國有地嗎？遠上，這你就錯了。這塊土地原本不是政府所有。土地不屬於任何人。你們現在身上的石板，也不是短短三百年前成立的國家擁有的東西。只有留下那個東西的人們才能主張所有權。」

遼介一時之間擠不出反駁的話語。蘿拉這番言論是否定現今社會制度的歪理。活在社會並且享受其恩惠的人不該賣弄這種觀念。

不過，像是在哪裡聽過的「土地不屬於任何人」這句庸俗理論，神奇地在遼介胸口迴盪。

「——那你們也不能主張石板的所有權吧！」

路易代替語塞的遼介提出反駁。

「遼介，別被他們唬住了！那些傢伙的目的肯定沒有善良可言！」

路易這段話使得遼介重新從迷惘中振作。

目的。

使用方式。

還不知道這塊石板是什麼，又隱含什麼樣的力量。

正因如此，所以這兩點確實應該問個明白。

「——我可以認定交涉決裂了嗎？」

蘿拉的音調降低了。

這肯定是命令部下攻擊的預兆。

然而在她出言下令之前，遼介已經扔下背包蹬地而起。

他的身體躍上山崖。遼介不擅長「反應護甲」以外的魔法，不過單純的「跳躍」難不倒他。

他撲過去的對象是蘿拉。在以寡擊眾的狀況下，正常的做法是先癱瘓指揮官。

不過正因為是常理，所以對方也早有提防。

遼介使出的飛踢，由蘿拉身旁的男性成為肉盾接下。

反應速度堪稱異常。明明看起來不是肌肉相當發達的體格，遼介腳上卻傳來像是踢到鑽石的觸感。

「吼！」

男性像是野獸般吠叫，齜牙咧嘴毆打遼介。不對，不是緊握拳頭毆打，是將伸出指甲的手往下揮。動作簡直是大型戰鬥犬。雖然外型沒變，但這就像是……

「狼人……？」

遼介脫口而出的感想不算錯誤。

這名男性原本就是只增強身體強度的「身體強化」異能者。但是沒增幅肌力也沒提升知覺速度的強化，只是讓身體變得耐打。如果只是不容易受傷，別說打架，連單純的勞力工作都派不上用場。

然而蘿拉注意到這樣的他。魔女的古式魔法有一個名為「狼附身」的法術。解除人體的限制器，提升內心超越理性的獸性——鬥爭本能。某些藥物也可以對精神產生作用，不過強行解放肉體的潛在能力是魔法專屬的特徵。

正常人使用這種「狼附身」，會被強制發揮日常不會使用的極限力量與速度，身體很快就會吃不消。肌肉發炎的程度只是輕傷，大多都是肌腱斷裂或是骨折導致無法行動。

不過如果是身體強度上升的身體強化能力者，激發到極限的力量與速度不會打敗肉體。「狼附身」只是把肉體擁有的性能激發到極限，相較於將力量或速度激發到超越人體極限的「身體強化」，對身體造成的負荷低了兩級。即使是只針對身體強度的強化，也能完整發揮「狼附身」的效果。

這麼做不只是對於蘿拉，對於這名男性來說也有好處。即使淪落為像是野獸的兵士，即使被魔女當成奴僕使喚，自己這份不中用的特異能力也得以有效活用。一直苦惱於自己派不上用場的男性，如今成為蘿拉的奴僕，成為了「使魔」。

其實蘿拉施法的對象不只是這名男性。ＦＡＩＲ的成員將近一百人。由於和街頭幫派一樣經常增減，所以連領袖迪恩都沒掌握正確人數。

其中實戰等級的魔法師大約三分之一。其餘六十多人即使擁有魔法資質，也無法使用堪稱實用的魔法——就像是接受「狼附身」的這名男性。

這六十多人之中，超過二十人選擇被蘿拉賦予力量。

古式魔法「魔女術」的特徵是對「人類」這個現象進行干涉。不是改寫自然現象，是改寫人類的意識、情感定位或是肉體性質。說到「魔女」，很多會想到和現代魔法屬於不同術理的「飛行術」，不過在「魔女術」之中，「飛行術」不是主流，甚至是例外。

ＦＡＩＲ就像這樣利用蘿拉的「魔女術」，從原本派不上用場的低階魔法師之中取得戰力。

這次挖掘隊的成員，有一半是從這種人之中挑選出來的。施加「狼附身」魔法的人也不只是襲擊遼介的那名男性。

蘿拉將嘴巴湊到正在自己身旁待命，年齡只有二十歲左右的青年耳邊，以異國語言呢喃。這名青年和剛才的身體強化能力者屬於不同類型，卻同樣是適合接受「狼附身」的低階魔法師。

蘿拉呢喃的嘴從青年耳邊離開。

青年的眼睛隱含瘋狂氣息。

青年口中爆出野獸的吼聲，從遼介背後襲擊。

手臂纏在遼介的脖子試著掐住他。

但是青年的手臂沒能直接勒住遼介的脖子。

留有大約五公分的空隙。

這是「反應護甲」的防禦。

遼介將手肘往後頂，試著擺脫青年。

這一記後肘擊漂亮命中。

內心化為野獸的青年，也不能無視於深入骨子裡的這股痛楚。他離開遼介的背踉蹌後退。

最初對付的男性伸手要抓遼介。

已經重新擺好架式的遼介以正拳迎擊。

拳頭以個體裝甲魔法的反物資不可侵護壁包覆，硬度凌駕於鋼鐵。

即使提升肉體強度也無法對抗。

遼介的拳頭打入男性心窩，甚至無視於蘿拉的魔法，剝奪他的意識。

遼介一個轉身，朝著試圖勒他脖子的青年使出前踢。

青年的身體彎成「く」字形跪倒在地。

遼介迅速剝奪兩人的戰鬥能力。

他環視周圍提防後續的敵人。

視野下方映出路易苦戰的光景。

以移動魔法投擲的小刀與石頭；使用磷製造的火球；增幅電擊槍的火花射出的小規模落雷。

路易不是在打肉搏戰，是被魔法的交叉砲火攻擊。

遼介見狀跳下山崖。

這麼做等於暫時放棄攻擊蘿拉，不過現在要優先拯救路易脫離危機。

遼介站在小溪靠山崖的這一側，成為防禦刀子與石礫的盾牌。

火球與落雷都無法打穿遼介的魔法裝甲。

——然而這是失敗的一步棋。

遼介沒有遠距離攻擊的魔法。只有身披不破裝甲的肉搏戰是他的攻擊手段。

再度跳下山崖來到小溪之後，遼介唯一能做的是成為路易的盾牌。不只是遼介，路易也無暇使用「分身」。

戰況逐漸惡化。

在這樣的狀況中，遼介忽然感覺到一股想子波動正在高漲。這是至今沒出現過的現象。
雖然這麼說不太好，不過現在遼介承受的敵方攻擊都是二流魔法。
遼介還沒體驗過達也或深雪的魔法，但他近距離感受過真由美的魔法。
ＦＡＩＲ的交叉砲火完全比不上真由美的魔法，也不如上次進人類戰線襲擊時使用的魔法。
然而現在從山崖上傳來的波動，不下於遼介先前從真由美身上感受到的波動。
波動的源頭是蘿拉。
大概是要使出絕招定勝負吧。
（……只有我一人的話撐得住。）
（但是路易他……）
遠上的──「十神」的「反應護甲」是單人魔法。
只能保護術士一人。
（……如果我能使用「連壁方陣」……）
如果不是「失數家系」，而是「含數家系」的「十文字」的魔法，這種狀況甚至稱不上是危機吧。肯定能一邊保護路易一邊從容逃離。
遼介可說是第一次因為自己是「失數家系」而感到不甘心。

——就在這個時候。

——救援的女神翩然降臨。

空中突然出現閃耀的人影。

這名女性散發柔和的光芒，釋放出令人心靈安詳的波動。

交叉砲火停止了。

除了蘿拉，在場所有人都露出忘憂表情。

連蘿拉都中止建構魔法。

她的魔法或許需要「負面情感」當成能量來源。

如今肯定被「女神」釋放的安詳波動擾亂。

「Milady……」

遼介口中發出感動至極的呢喃。

「女神」是蕾娜。

除了遼介打倒的兩人，蕾娜的魔法剝奪了另外十名ＦＡＩＲ魔法師的戰力，並且妨礙蘿拉建構魔法。

精神干涉系魔法「欣快靈波」。

順著想子波動釋放靈子波，令人感覺無比幸福而陷入酩酊狀態的魔法。對象範圍最大是半徑九十公尺左右，對象人數最多是三十人左右。

這不是蕾娜最強的魔法。

溫哥華距離沙斯塔山大約一千公里。

讓星幽體飛越這麼長的距離，剝奪十人的戰鬥能力，妨礙「魔女」發動魔法。

即使如此，蕾娜的極限也遠遠不只是這種程度。

『遼介、路易，趁現在。』

「Milady，感謝您！」

「謝謝。」

遼介與路易各自道謝之後開始行動。

遼介萬無一失撿起剛才扔下的背包。

兩人沿著小溪往下游移動。

直到兩人的身影消失，包括蘿拉・西蒙在內的ＦＡＩＲ成員都被蕾娜的星幽體束縛在原地。

蕾娜的星幽體消失，「欣快靈波」失效。

「——Son of a bitch！」

蘿拉瞪著剛才星幽體漂浮的虛空，吐出這句詛咒。

【5】歸來／回國

在沙斯塔山的山腳被迎接的車輛收容，來到最近的城市之後，在稱不上是機場的跑道搭乘輕航機。

遼介與路易回到溫哥華的時候已經是深夜。

因為很晚了，遼介原本打算明天早上再進行歸隊報告，但他在車上聽夏綠蒂說蕾娜還醒著，所以沒有回到飯店，而是和路易一起前往FEHR總部。

「Milady，我們回來了。」

「抱歉害您操心了。」

遼介向蕾娜打招呼之後，路易在道歉的同時深深低下頭。

「路易，辛苦你了。沒事就好……」

蕾娜沒責備路易的魯莽行徑。她以破涕為笑的表情慰勞路易。

「遼介，這都是託你的福。真的很謝謝你。」

然後蕾娜露出感動至極的表情牽起遼介的手。

右手被蕾娜雙手包覆的遼介，在語塞的同時失去冷靜。

嘴裡輕聲發出「啊」或是「那個」之類的字句。

「……不，這一切都是因為有Milady的助力。」

然後他勉強擠出像樣的話語。

「我才要說，謝謝您在危急的時候救援。」

一旦脫離口舌僵硬的狀態，感謝的話語就滿溢而出。

「只靠我的能力應該無法脫離那個困境。我與路易能像這樣沒受重傷順利回來都是託Milady的福。」

「是因為遼介你勇敢衝入險境喔。」

蕾娜露出害羞表情放開手。

與其說感到遺憾，遼介的意識更是被「好可愛」的想法占據。

然後他立刻責備自己「這種想法很沒禮貌」。

「——路易，拿出那個。」

為了斬斷這個該死的煩惱，遼介將注意力集中在實務上的問題。

路易點頭回應「啊啊」拿起地上的背包。背包裡放著那塊白色石板。遼介認為這件事應該由搶到石板的路易報告，將背包交給他保管。

「……那個是？」

或許是理所當然，看見石板的蕾娜詫異發問。

形狀明顯和至今公開的聖遺物不同。乍看只是一塊大理石的板子。

不過蕾娜立刻察覺不是大理石。自然石的表面幾乎不可能像這樣完全是白色。然而不像是工業加工的貼皮夾板那種均一的白色。在明亮的地方觀察，就會發現細微差異的色澤複雜交錯。

「是ＦＡＩＲ在沙斯塔山上洞窟挖到的石板。」

「……真漂亮。雖然長年埋在地下，看起來卻沒有明顯的損傷。」

「是的，應該不是普通的石材。推測是聖遺物或是類似的遺物。」

蕾娜再度深感興趣般注視石板。

「這就是ＦＡＩＲ想得到的遺物嗎……」

「不……ＦＡＩＲ真正想要的，應該是和這個一起出土的另一塊石板。」

路易尷尬回應蕾娜的低語。

「一樣的東西還有一塊？」

「不一樣。另一塊是黑色的石板。」

「這樣啊……」

蕾娜暫時看向下方思索。

「……不過，既然蘿拉．西蒙特地想要帶回去，那麼這塊石板肯定也有某種價值。」

蕾娜和路易四目相對這麼說。

「而且至少這塊石板有當成證物的價值。路易，辛苦你了。」

「……是。」

蕾娜這段話是在慰勞他，並不是隨口安撫。

正因為不只是隨口安撫，所以路易感覺獲得了救贖。

看著兩人互動的遼介，冒出「不愧是Milady」這個有點花痴，或者說是狂熱信徒的想法。

◇　◇　◇

蘿拉是在隔天早上到迪恩面前報到。

她昨天晚上就回到舊金山，不過在那個時間報到將會同床共眠。嗜虐的迪恩要是看見疲憊的蘿拉，肯定會抓準這個機會盡情玩弄。這麼一來會很麻煩。

「蘿拉，首先辛苦妳了。」

「不，既然是為了閣下就不算什麼。」

蘿拉恭敬鞠躬回應迪恩的話語之後，遞出黑色石板。

「這就是這次的成果嗎？」

迪恩將石板翻面兩三次觀察。「這是什麼？」他詢問蘿拉。

「這在我們魔女之間稱為『導師之石板』。」

「『導師之石板』啊。這東西有什麼用？」

「『導師之石板』是魔導書。據說會傳授強力的祕術給擁有者。」

「喔，祕術嗎？」

「是的。只不過，我也是第一次看見實物，關於使用方式以及上頭記載的祕術，希望您可以給我一段時間調查。」

蘿拉跪在迪恩面前深深低下頭。

「查出什麼就立刻向我回報。」

迪恩說完遞出石板還給她。

「謝謝。我絕對不會違背閣下的期待。」

迪恩點頭「嗯」了一聲，然後像是回想起來般「啊啊，還有……」附加一句話。

「我聽說原本還有一塊石板。」

大概是挖掘隊的成員搶先在蘿拉之前打小報告吧。與其說是告知石板被搶，或許是以蘿拉敗給蕾娜為材料，想藉此爭取迪恩的寵愛。迪恩對蕾娜懷抱強烈的競爭心，這在FAIR內部是公開的祕密。

只不過，蘿拉毫不慌張。

「另一塊不是導師之石板。」

「但是應該有某種意義吧？」

「我透視到那個洞窟還埋藏著十幾塊相同種類的白色石板。如果得到您的准許，我想下令把這些石板都挖出來。」

迪恩揚起兩邊嘴角，眼睛發出貪婪的光芒。

「我准。立刻安排吧。」

「遵命，閣下。」

蘿拉將「導師之石板」抱在胸前，從迪恩面前離開。

◇◇◇

當地時間七月二日上午十一點，溫哥華國際機場。

真由美、摩利與遼介三人要搭乘中午的班機回到日本。達也交付的工作在四天前完成，所以回程的班機原本肯定可以提早，不過關於在餐廳停車場遇襲的事件必須接受警方偵訊，所以沒能如願。

「真由美，我好捨不得。」

「蕾娜，下次請妳來日本吧。」

在出境大廳，完全成為好友的真由美與蕾娜依依不捨。

「不好意思，七草小姐。方便我暫時借用遠上先生嗎？」

夏綠蒂在一旁向真由美搭話。

「好的，沒問題。反正登機手續已經辦完了。」

專注於和蕾娜進行最後交談的真由美，沒想太多就點頭答應。

摩利的表情有點疑惑，但她的工作是護衛真由美，遼介不在守備範圍，所以她沒干涉。

被拉離蕾娜的遼介似乎有點不滿，但還是乖乖跟著夏綠蒂走。夏綠蒂在大廳一角停下腳步，將耳機插在行動終端裝置，將耳機連同裝置遞給遼介。

遼介露出疑惑表情戴上耳機，然後依照夏綠蒂的手勢指示，播放暫停的影音檔。

『遼介，前幾天真的很謝謝你。』

遼介差點忍不住發出聲音，但是勉強克制沒說出口。在錄影的影片裡向他說話的是蕾娜。

『不只如此，還要拜託你另一件事，我內心真的非常過意不去……』

聲音與表情和這段話連動。

（您不必在意，請儘管吩咐！）

遼介在內心大喊回應。

考慮到這份熱意，或許該稱讚他沒發出聲音。

『其實沙斯塔山的事件好像還有後續。你們帶回來的石板以及偵探拍攝的影片，我都已經交給舊金山市警局，影片還提供給錫斯基尤縣警局，但目前雙方都沒有明顯的動作。而且ＦＡＩＲ好像再度進行盜挖工程。』

聽到這裡，遼介忍不住咂嘴。

『在這個事件不能放任ＦＡＩＲ不管。要是讓他們為所欲為，將會發生天大的事件……我有這種感覺。所以遼介，你回到日本之後，方便安排場合讓我和司波先生面談嗎？』

遼介終於發出「咦？」的聲音。不過聲音很小，沒傳到真由美她們耳中。

『只要告訴我時間，我就會以星幽體去你那裡叨擾。雖然不久之前才拜託你各種事，不過請你幫我這個忙。』

蕾娜的影音訊息到此結束。

遼介將終端裝置還給夏綠蒂。

「蕾娜之所以沒有親口委託，是因為不想被七草小姐她們知道。」

接過終端裝置的夏綠蒂如此叮囑。

達介回答「我當然知道」點點頭。

「那麼請務必保密。」

夏綠蒂再度叮囑之後，回到蕾娜和真由美交談的地方。

達介也隨後跟上。

通過安檢區前往登機門的途中，真由美詢問達介剛才和夏綠蒂聊了什麼。

預料到真由美當然會這麼問的達介，編出「她讓我聽了這邊的同性朋友們給我的訊息，內容不方便讓年輕女性知道」這段回應。

◇　◇　◇

隔天早上，華盛頓州的費爾柴德空軍基地。

莉娜換上聯邦軍軍官制服，拿著「莉娜・布魯克斯」的身分證與護照站在運輸機舷梯前方。

她面前是拉爾夫・哈迪・瑪法克上尉、蘇菲亞・斯琵卡少尉以及STARS總司令官班哲明・卡諾普斯上校，三人前來為她送行。

「菲菲、哈迪、班，各方面受到你們的照顧了。雖然時間很短，但是很開心見到你們。」

莉娜伸出手。

三人依序握手回應，蘇菲亞說「請改天再來」，瑪法克說「請保重」。

最後是卡諾普斯。

「莉娜，要注意身體。有什麼困難請隨時連絡，無論是任何時候我都一定會幫忙。」

他這麼說。

從這段話感覺得到超越工作關係與利害關係的深切友情。但是莉娜沒有噙淚。

「謝謝。各位也請保重。」

莉娜笑著揮揮手，進入運輸機。

表面上是兵員運輸機，內部卻完善得像是客機的商務艙。

莉娜靠坐在彈性適中的座椅看向窗外。

大概是察覺她的視線，卡諾普斯等人在不遠處揮手。

莉娜內心慢半拍湧現依依不捨的心情，對於祖國懷抱一份感傷。

她在座椅閉上雙眼，將這份情懷封鎖在內側。

莉娜維持這個狀態，任憑運輸機載著她從美國大地起飛。

【6】來自美國的委託

七月五日，下午四點半。伊豆，魔工院理事室。

達也在當成自己辦公室使用的這個房間，和一組男女面對面。

男性名為遠上遼介。是根據地設置於USNA溫哥華的魔法師人權團體FEHR的成員，也是魔法人聯社的職員。

女性名為蕾娜・費爾。是FEHR的代表，擁有的特異體質使她外表看起來像十六歲左右的美少女，實際年齡卻是三十歲。

此外，位於這裡的蕾娜不是真人。雖然幾乎無法和肉體區別（如果不像達也擁有「眼」應該完全無法區別），不過這蕾娜是星幽體，本人位於溫哥華。她使用「星幽體投射」只讓意識飛越太平洋來到這裡。

更正確來說，是複製自身肉體的情報製作出肉眼可見的想子情報體，再讓意識依附上去。

「……從洞窟挖掘出來的石板嗎？」

『是的。確認有黑色石板與白色石板這兩種。其中的黑色石板被FAIR拿走。關於白色石板，在我們搶回來之後，他們好像又接連盜挖了好幾塊相同種類的石板。』

蕾娜的星幽體，向達也說明FEHR與FAIR在沙斯塔山爭奪石板而爆發的衝突以及後續始末。

「那些石板是聖遺物嗎？」

『我們確保之後交由警方保管的白色石板，基於發揮魔法力量的意義來說不是聖遺物。不過確定是魔法性質的遺物。』

「意思是？」

『只要在白色石板注入無色想子，表面就會浮現使用許多曲線的花紋。』

「無色想子」指的是沒賦予任何形狀與性質，甚至沒形成波形的均質流體想子。舉例來說應該可以形容為湖面如鏡，原本靜止的湖水緩緩流動的感覺。這種想子當然不存在於大自然，製作無色想子需要高超的想子操作技術。

『我認為那是地圖。』

聽到蕾娜這句話，達也毫不隱瞞地展露好奇心。

「地圖……比方說新的聖遺物埋藏的場所嗎？」

『我也想過這個可能性……但我覺得是更加不得了的場所。』

「一旦被發現就可能重創現代社會的物品埋藏的場所？」

『或者是能帶給人類龐大恩惠的物品埋藏的場所。』

「原來如此。」

達也沒有認為蕾娜這個想法的根據薄弱而否定。

「疑似地圖的石板也令我很感興趣，但我更在意FAIR拿走的黑色石板。」

『我也是。我不免覺得那塊黑色石板會造成巨大的威脅。』

蕾娜（的星幽體）打了一個冷顫。

達也目不轉睛注視這樣的她。

「——這是預知嗎？」

『咦……？不……不是。』

冷不防被這麼問而瞬間僵住的蕾娜，連忙搖了搖頭。

『我沒有預知能力。只是有這種感覺罷了。』

那不就是預知嗎？達也如此心想卻沒說出口。

「……費爾小姐，我理解您的擔憂了。所以您具體來說對我有什麼要求？」

蕾娜一瞬間猶豫之後，（以日本慣用的形容方式來說）露出像是下定決心要從清水舞台跳下去的表情看向達也。

『司波先生。我非常明白這麼做很困難……不過方便請您來美國一趟嗎？不是夏威夷之類的外島，是美國本土的西岸。』

「美國本土嗎……我無法立刻答覆。」

出乎蕾娜的預料，達也沒有回答「辦不到」斷然拒絕她的邀請。

說實話，達也要訪問USNA本土，並沒有一般想像的那麼困難。日本政府沒有能力阻止達也。不對，雖然有權限卻沒有動用權限的藉口。在真由美本次赴美之後，魔法師自制避免出國的不成文規定雖然沒有完全失效，效力也大打折扣。

至於被真由美登陸的美國這邊，USNA政府在恆星爐技術合作過程中嘗試拉攏達也到他們國家，這在國防與外交相關人士之間是公開的祕密。USNA的政府高官理解到，達也無論位於美國還是日本，他的威脅程度都差不多。達也在全世界的任何地方都可以在瞬間進行轟炸。五角大廈知道這一點。

讓達也待在我們的司法權力影響得到的美國國內，或許反而可以降低威脅。抱有上述想法的USNA政府人士絕對不算少。如果達也希望入境美國，雖然應該有人反對，不過到最後批准的機率比較高。

「不過如果出現了費爾小姐所提到有損世界安寧的徵兆，我應該會排除萬難過去打擾。」

『──您這段話令我吃了一顆定心丸。』

蕾娜將雙手按在自己胸口，露出柔和的表情看向下方。這個動作簡直是將達也的話語小心翼翼收進自己內心——在遼介眼中是這種光景。

遼介不由得對達也感到嫉妒。

◇　◇　◇

達也並沒有輕易答應蕾娜。

「……達也大人，您在煩惱什麼嗎？」

當天夜晚，他在調布的自家認真檢討蕾娜的要求，甚至引來深雪這麼問。

「深雪，可以聽我說一下嗎？有件事希望妳和我一起思考。」

達也毫不猶豫找深雪討論。

「好的，請問是什麼事？」

為了在客廳想事情的達也而端著冰花草茶過來的深雪，將玻璃茶杯放在矮桌之後，就這麼沒脫下圍裙坐在他的正前方。

「今天傍晚，我在魔工院迎接蕾娜·費爾來訪。」

「FEHR的！……是星幽體投射嗎？」

深雪難掩驚訝，卻立刻理解到發生了什麼事。她很快就回想起之前糸魚川發生進人類戰線的竊盜案件時聽達也說過，蕾娜曾經以星幽體來找遼介。

「沒錯。她的星幽體非常完美，幾乎無法和實際身體辨別。」

「ＦＥＨＲ的『聖女』……真是不容小覷。」

「聖女」是別人對蕾娜取的別名。她在組織內部被稱為「Milady」，不過組織外部的支持者大多叫她「聖女蕾娜」。

這個別名的由來，大概是她擅長以「欣快靈波」為首，能令人忘卻憂愁並且去除內心傷痛的精神干涉系魔法。即使只是暫時性的，卻還是有人把這種暫時性的慰藉視為「救贖」。

此外「蕾娜·費爾」也是假名。不對，算是藝名。她私底下也自稱是「蕾娜·費爾」，所以不是商業名。如今連她自己都鮮少使用的本名是「蕾娜·施瓦里」。

「她委託我赴美。」

「要達也大人前往美國？到底是要處理什麼事？」

達也向深雪說明和沙斯塔山出土石板相關的爭奪戰。

「原來如此。遠上先生在美國遭遇這種事……」

關於遼介在這段時間扔下達也交付的真由美護衛工作，深雪也沒特別責備。

「對於ＦＡＩＲ擁有的石板，蕾娜·費爾有種不祥的預感。」

「我可以理解可能會發生不太好的事情……」

深雪疑惑歪過腦袋。

「但她邀請達也大人前往美國，是打算請您做什麼呢？明明還不知道發生什麼事，我不明白她向達也大人求助的意義。」

「這應該也是預感吧。覺得若要解決事態就需要我的協助。」

「……這已經是預知的領域吧？」

「我也這麼認為。」

短暫的沉默降臨客廳。

「……達也大人，您意下如何？」

「還沒發生的事件無從擬定對策，我也沒空在當地等待事件發生。」

「那就是等到事件發生再處理了。」

深雪沒誤解達也的回答，連他沒說出口的部分都正確解讀。

「我剛才是在思考赴美的方法。」

達也也一副理所當然般的表情說下去。

「不能像是七草學姊那樣正常出國嗎？」

「並不是不可能，但我不太想採取強硬手段。」

不可能以正規程序阻止達也赴美，不過應該會有人妨礙。到最後浪費的時間可能會多到不容忽視。

考慮到這一點，達也認為即使可能觸法，偷渡出境應該也是利大於弊。

◇◇◇

西元二一〇〇年七月七日，星期三。

儘管是平日，達也依然沒去職場也沒去大學。

他一大早就造訪四葉本家。

「怎麼了？明明沒叫你卻自己過來，真是難得。」

達也前來問候時，真夜以感到意外又打趣消遣的語氣說。

達也無視於真夜的消遣，告知蕾娜的來訪。

「黑與白的石板……真是耐人尋味的話題。」

「屬下認為肯定是魔法性質的遺物。」

「是新型的聖遺物嗎？」

「沒拿到實際物品無法做結論，不過依照對方的說明，應該是和聖遺物不同性質的遺物。」

「有一塊白色的在警察署對吧？」

「並不是不可能取得，不過……」

「嗯，就當成最後的手段吧。」

兩人的表情看起來都不覺得「從警方那裡偷走」有什麼困難之處。

「所以你今天是來做什麼的？應該不是來向我報告吧？」

「屬下認為這件事需要報告。」

「然後呢？」

「屬下想看看『鬼門遁甲』的研究狀況。」

「嗯，沒問題。」

追捕周公瑾吃了不少苦頭之後，四葉家持續進行「鬼門遁甲」的研究。主要是研究「鬼門遁甲」的破解方法，卻也同時正在開發能以現代魔法實現相同效果的術式。

「夕歌她肯定隨時都待在研究室。」

研究的核心人物是四葉分家之一——津久葉家的下任當家津久葉夕歌。津久葉家的天分很適合學習精神干涉系魔法，夕歌不負下任分家當家之名，在眾人之中擁有特別優秀的天分。

「那麼，屬下就此告辭。」

達也站起來，不只是對真夜，也對她身後待命的葉山行禮之後離開房間。

可惜達也沒能立刻見到夕歌。

「抱歉久等了。」

達也來到和本家不同棟的研究設施，在茶室等待三十分鐘後，夕歌終於現身。

「不，這次是我突然登門造訪。」

達也回應夕歌之後，向同座的研究員表示要離席。

在像是覺得惋惜又聊得不盡興的研究員目送之下，達也離開座位。

兩人一起走向茶室出口的時候，夕歌向達也一笑。

「達也表弟真受歡迎。」

「對我來說，和這裡的研究員進行議論，比大學的課程更有意義。」

「拜託你手下留情。最近很多研究員想調動到巳燒島，害我很頭痛。」

夕歌身為分家的有力人士，是這座「村莊」裡研究設施的管理階層之一。研究所是橫向的組織構造，所以她沒有特別的職稱，不過以地位來說，她被賦予的權限僅次於管轄調校機構的紅林管家。

「但我並不是在挖角。」

「哎，是沒錯啦。」

夕歌也理解隱情。研究員只是基於學術的好奇心想和達也共事。即使如此，她還是無法壓抑內心的不滿，反倒是露出理所當然不滿的表情。

「這麼說來，聽說妳決定結婚了。」

「唔咦？」

達也的奇襲使得夕歌發出高八度的聲音。

「恭喜表姊。」

「啊……啊哈哈哈……那個，因為我今年也二十六歲了。」

乾笑的夕歌眼神游移，明顯在抗拒這個話題。從她不耐煩的表情，看得出應該是周圍的人們整天催婚。

——不過達也拿出這個話題是明知故犯。

夕歌走路變快。當然不到達也跟不上的程度。

進入自己的研究室之後，夕歌立刻詢問達也的來意。大概是覺得繼續提結婚話題會吃不消。

「夕歌表姊，『鬼門遁甲』重現到何種程度了？」

達也也不是來閒話家常，立刻進入正題。

「啊啊，這件事啊。」

夕歌蹙眉的程度就像是不明白這一點。

「逞強也沒用，我就老實說吧。目前沒有重現的希望。」

「這樣嗎……」

「雖然從九島光宣那裡得到相關知識，但是和現代魔法的做法差太多了。」

光宣對於達也他們來說是自己人，但是對於四葉家整體來說，「曾經交戰的對手」這份認知比較強烈。尤其是夕歌這種擅長精神干涉系魔法的魔法師，傾向於不想和光宣走得太近。文彌之所以對光宣不太友善，也不只因為兩人是同性又同齡的競爭對手，文彌和夕歌一樣是擅長精神干涉系魔法的魔法師可能也是原因。只不過深雪沒有這種傾向，所以這種事不能一概而論。

「不過已經開發出擁有類似效果的魔法。只可惜和『鬼門遁甲』完全是不同魔法。」

「這真是了不起。」

達也毫不保留如此稱讚。

新魔法的開發就是有這種價值。何況這次是刻意研發出至今現代魔法沒有類似效果的魔法。比起單純將古式魔法改編成現代魔法，這可說是更大的成果。在學問層面與實利層面都是如此。

得到達也的稱讚，夕歌並沒有志得意滿。

「……雖然你這麼稱讚，但是還沒完成。正確來說是感覺只差一步就開發成功的階段。」

「我可以拜讀開發資料嗎？」

「當然。等我一下。」

隔著長桌和達也面對面的夕歌移動到牆邊的辦公桌，拿著筆記型終端裝置過來。

觸控式螢幕與觸控式控制台的雙螢幕裝置。夕歌指尖在控制台遊走，緊接著，至今是白底幾何學圖樣的牆壁開始顯示英數符號交錯的方程式。是展現魔法式構造的資料。將這些資料加工就會成為啟動式。

達也將手按在牆面捲動方程式。雖然速度很快，但是看不出夕歌感到驚訝或意外。她知道以達也的能耐當然做得到這種程度。

「……這個魔法取名了嗎？」

「啊？……沒有，因為還沒完成。」

「請取名吧。我可能知道是在哪裡陷入瓶頸。」

「取名」這個行為就像是在主張擁有這個魔法的專利。可惜沒有收取專利使用費的機制，不過至少能滿足求取名譽的慾望。

「我不要。我說過還沒完成吧？我可不想搶走別人的成果。」

達也之所以請夕歌取名，隱含著「我會完成這個魔法，所以妳就以開發者的身分登錄吧」這個意思。夕歌正確理解這一點，進而主張自己身為研究者的尊嚴。

「既然這樣，等到順利完成魔法，要不要一起想名字？」

達也也能理解這份尊嚴，所以提出妥協方案。

「……這樣的話就可以。」

「那就容我修改一下吧。我想大約三到四天就會有結果。」

「不然你拿回東京或是巳燒島吧？反正已經碰壁閒置一段時間了。」

「可以嗎？」

「嗯。因為現在是『鬼門遁甲』的破解方式比較有進展。這部分應該還需要一兩個月，新魔法的開發計畫在這段時間也預定凍結。你願意接手處理的話剛剛好。」

「那就讓我這麼做吧。」

「等我一下，我現在存進卡片。」

夕歌再度回到辦公桌，這次是操作桌面附設的控制台。

經過短短十秒左右，卡片型的儲存裝置從辦公桌一角彈出半個卡身。夕歌抽出卡片放進盒子交給達也。

「確實收到了。」

達也將裝有卡片型儲存裝置的盒子收進夏季外套內袋，離開研究所。

◇　◇　◇

造訪四葉本家的隔天，達也在巳燒島的研究室專心開發新魔法。雖然很少見，但他正如字面所述廢寢忘食埋首研究。

就這麼在靈感的驅使之下經過整整一天以上，現在是七月九日將近正午時分。

『達也大人，抱歉打擾您。』

他的私人管家花菱兵庫撥打內線電話，像是懷抱歉意般搭話。

「發生了什麼事嗎？」

達也吩咐過只能在發生緊急事態的時候連絡。

『是的。』

兵庫的聲音難得透露緊張心情。

看來真的是「急事」。察覺這一點的達也切換意識。

『USNA的傑佛瑞・詹姆士大人來電，想要緊急和您見個面。』

傑佛瑞・詹姆士是USNA國防部長暨下任總統呼聲最高的連恩・史賓賽的秘書官。數度以史賓賽特務的身分造訪巳燒島和達也會面。

「他正在線上嗎？」

『是的。』

「等我五分鐘就好，請幫我轉達一下。」

『遵命。』

達也暫時掛斷內線電話，匆忙整理服裝儀容。

接著他移動到電話室，操作視訊電話呼叫兵庫。從掛斷內線電話至今使用了四分五十秒。

「請幫我接通。」

兵庫在畫面中行禮之後，切換成看似友善的白人男性臉孔。

「ＪＪ，大約一個月不見了。」

達也使用「ＪＪ」這個稱呼是傑佛瑞．詹姆士本人的希望。三年前，達也在初次見面的時候聽他這麼要求，後來率直使用這個暱稱。

『是啊，達也，好久不見。』

「你說想要緊急見個面，不過你現在在哪裡？」

達也沒問「不能在電話裡討論嗎？」這個問題。既然說「想要見個面」，總之肯定是不能隔著電話線路提出的委託、諮詢或抗議等事項。詢問「是否可以不見面就解決」只是浪費時間。

『其實我在距離你那裡約一百二十英里……啊～～應該說約兩百公里的東方海面。』

「……你人在航母上嗎？」

『是的。真虧你猜得到。』

達也從新聞得知ＵＳＮＡ海軍的大型航母「獨立號」來到西太平洋和日本進行聯合訓練。

總統大選將近，擔任史賓賽秘書官的ＪＪ忙得不可開交，不可能是從夏威夷搭乘航母。應該是利用小型運輸機之類的交通工具飛到太平洋的那艘航母。

『然後，如果方便撥出一些時間，我想要現在去你那裡一趟。』

「現在嗎？看來真的很趕。」

『有件事想要緊急找你討論。』

他說是討論，不過依照這段通話的感覺應該是委託。而且是相當棘手的委託。

「知道了，我等你。」

國防部長的幕僚展現那麼十萬火急的模樣。無法否定一旦坐視不管就會成為大火災並且延燒到這裡的可能性。如此心想的達也決定接受ＪＪ的訪問與面會。

因為會進行恆星爐相關的技術交流，所以巳燒島的人員很習慣美國人來訪。尤其ＪＪ頻繁在這裡進行短期停留。最近機場人員在迎接他的時候已經不會過度感到緊張。

不過在今天，不是在對外開放的東南方機場，而是在東北方四葉家成員專用機場降落的ＪＪ看起來洋溢緊張氣息，使得機場人員也以提心吊膽的態度接待。在這個階段，即使是達也以外的人們也都認知到狀況和以往不同。

ＪＪ在機場人員帶領之下進入會客室和達也見面，在彼此簡單打個招呼之後，ＪＪ就立刻說明來意。

「其實在西岸的都市奧克蘭，突然發生了接連有人失去會話能力的不可思議事件。」

「失去會話能力？是喉嚨或舌頭麻痺嗎？」

達也首先懷疑是毒氣的影響。

「不。依照第三方的說明，還是可以正常發音。不是麻痺，是至今可以正常對話的人突然無法理解話語意義的現象。」

「會不會是大腦功能出現障礙？」

「症狀確實類似韋尼克氏失語症。」

「韋尼克氏失語症」是大腦裡名為「韋尼克區」的語言中樞受損，因而無法理解話語意義的失語症。不只是聽不懂對方的話語，也說不出有意義的文章。雖然發音正常，卻因為不知道話語的意義，所以無法正確採用並且排列字句，導致文章變得支離破碎。不只是會話，讀寫能力也會受到影響。

「——不過再怎麼檢查也沒發現大腦異常。而且也出現間隔數小時到一天左右就將症狀傳染給別人的案例。」

「有可能是未知病毒造成的疾病嗎？」

「已經徹底檢查過了，但是沒檢測到已知的病毒。」

這個回答正如達也的預料。既然發生這種疾病，不可能沒有徹底進行病毒檢查。

「而且患者——暫且稱之為『患者』吧，總之患者並不是在特定地點產生，有人發病的地點附近也不曾同時出現其他患者。」

「所以不是毒氣或病毒造成的失語症。」

「目前是這麼推測的。」

原來如此，確實是不可思議的事件。

「……既然來找我討論，是不是懷疑這個現象是魔法造成的？」

「是的。我們懷疑這可能是使用魔法進行的恐怖攻擊。」

這個事態比達也面會之前猜想的還要嚴重許多。

以魔法進行的恐怖攻擊。

假設這是不白之冤，應該還是很容易引發「獵殺魔女」的風潮。不只是「人類主義者」這種激進派，「獵殺魔女」的風潮或許會擴散到掌權機構。

如果這是事實，就有發展成「魔法人」與「多數派」發動戰爭的危險性。不對，到時候不只是魔法人和多數派交戰，魔法人之間也可能發生以血洗血的抗爭。

無論是冤枉還是事實，都必須盡快解決。

「達也，方便來西岸一趟嗎？」

「前往貴國嗎……」

「想請你看看當地與患者的狀況，著手查明原因。」

「…………」

「以STARS的恆星級隊員為首，我們已經派了多名魔法師調查，卻沒得到成果。你是我們最後的依靠。」

「請告訴我一件事。這種疾病是在什麼時候發生的？」

「第一名患者是在七天前產生。」

是在沙斯塔山挖出黑色石板沒多久之後嗎……達也直覺這麼想。

「──我知道了。我會提供助力。」

「喔喔！」

ＪＪ探出上半身握住達也的手，反覆說著「Thank you」激烈上下晃動。

◇　◇　◇

位於東京調布的四葉東京總部大樓，四樓以上是住宅區。

達也與深雪生活的住家位於頂樓。

和ＪＪ面會完畢之後，達也比預定時間提早完成新魔法，回到自家。

時間是晚上八點。達也搭乘小型VTOL降落在樓頂停機坪，深雪在該處等待。

「我回來了，深雪。謝謝妳來迎接。」

達也慰勞特地在樓頂等待的深雪。

「歡迎回來，達也大人。」

深雪以毫無瑕疵的愛情點綴笑容回應達也。

進入家門一看，莉娜站在廚房。她看到達也等人進屋之後，從烤箱取出盤子。與其說是在下廚，說她是在看管調理機應該比較適當。並不是只有莉娜會這樣，這在現代日本是習以為常的廚房光景。

大概是在等達也回來吧。以這個家的標準來說有點晚的晚餐開動了。

「達也大人，這次的工作好像很趕，方便請教內容嗎？」

「達也，你窩在巳燒島做什麼？」

深雪與莉娜接連詢問達也昨晚為何沒回家。雖然絕對不是質詢的語氣，但是兩人看起來都無法壓抑內心的疑惑。

「我在開發新魔法。」

「是本家的委託嗎？前天您造訪本家，是因為那邊叫您過去嗎？」

深雪這段話隱含責備本家的語氣。

「不對，不是這樣。」

達也不慌不忙予以否定。如果是以前，室內在這時候已經是結霜的狀況，不過最近連這種事都不會發生了，所以不必慌張。

「妳還記得蕾娜・費爾的請求吧？」

「是的。難道是為了這件事……？」

達也點頭回應深雪的話語。

「咦，你在創造用來潛入美國的魔法？」

然後莉娜發出吃驚的聲音。關於蕾娜希望達也前去美國的這個委託，之前也有告訴莉娜。

「嗯。不同於蕾娜・費爾的委託，我現在有事必須去USNA西岸一趟。要說是緊急事態恐怕也不為過吧。蕾娜・費爾的來訪可說正是時候。」

「……美國到底發生了什麼事？」

不只是莉娜，深雪也以嚴肅眼神看向達也。

「其實在今天，我接受了傑佛瑞・詹姆士的來訪。這是原本沒有的行程。」

達也向兩人說明剛才從JJ那裡聽到的事件。

「奧克蘭發生這種事……」

「達也大人？在這個時間點發生疑似有魔法介入的事件，難道說……」

「妳也這麼認為嗎？」

達也與深雪相互以視線示意。

「等一下！」

兩人對這個聲音起反應，看向莉娜。

「你們兩個不要逕自相互理解啦！」

達也與深雪再度轉頭相視。

「ＦＡＩＲ在沙斯塔山挖出石板帶走，這件事我上次說過吧？」

「嗯，我記得。」

莉娜待在美國的期間沒機會接觸這份情報。她是從達也口中得知這件事。

「ＦＡＩＲ把推測是魔法性質遺物的石板拿走。後來不到一週，發生了疑似和魔法有關的異常病例。」

「……你認為那塊石板是原因？」

「我擔心可能是ＦＡＩＲ利用遺物石板引發的疾病。」

「……這是大事吧！」

莉娜之所以提高音量，是因為她也想到「獵殺魔女」的可能性。

「沒錯，需要緊急處理。即使是我想太多而白跑一趟，就某方面來說還是有意義。」

「立刻出國吧，我去準備。」

莉娜完全不在乎達也最後補充的「意義」兩個字是什麼意思，氣勢就像是隨時要開始進行旅行準備。

「不，莉娜妳留在日本。」

「為什麼？」

「我這次在形式上是接受ＪＪ的委託赴美。換言之是五角大廈的委託。要是妳一起去，或許會自然而然被強迫重返美國。」

「這……我不敢說不可能。」

原本像是瞪視般固定在達也身上的莉娜雙眼，失去依靠左右晃動。

「而且我想拜託妳在日本做一件事。」

「一定要由我來做的事？」

「唯一能拜託的人非妳莫屬。」

「既……既然這麼說……我知道了啦！這次我留下來看家。達也你要獨自去西岸是吧？」

「不，我打算和深雪一起去。」

「和深雪？」

「和我嗎？」

深雪與莉娜同時睜大雙眼。

「如果奧克蘭發生的失語症真的是魔法造成的，可能是持續性的系統外魔法。或許必須以深雪的魔法才能處理。」

一般認為深雪擅長冷卻魔法，但她真正擅長的是系統外的精神干涉系魔法。而且她的王牌不是干涉意識或情感的魔法，是能對精神（情報體）造成傷害的魔法。如果當地的症狀是使用精神干涉系魔法持續干涉精神藉以擾亂語言能力，那麼比起達也的「術式解散」，深雪的魔法很可能比較有效。

「可是，我能夠和達也大人一起出國嗎？」

「姨母大人由我說服。安全方面會拜託光宣他們支援。」

「……政府會怎麼想呢？」

達也露出笑容為面容憂愁的深雪打氣，不過這張笑容有點壞心眼。

「新魔法就是為此而開發，我請莉娜助我一臂之力也是這個原因。」

「……你到底在打什麼主意？」

莉娜瞇細雙眼瞪向達也。

「首先是北海道旅行。」

隨著乍聽之下毫無脈絡可循的這句話，達也咧嘴一笑。

這次真的是一張壞心眼的笑容。

【7】赴美

將近五月底的時候，達也向深雪承諾過「下個月帶妳去涼快的地方旅行」。但是這個承諾在上個月沒有履行。

七月十一日星期日。達也以補償為名目，讓深雪坐上副駕駛座，開車啟程前往北海道。

在暑假將近的時期向魔法大學請假前往北海道的達也，向大學朋友說明原因是要去參觀一棟正在考慮購買的超值別墅。

實際上，達也正在握著方向盤前往北海道。他駕駛的不是飛行車，是普通的自動車。

深雪心情大好。

搭乘達也駕駛的車，進行只有兩人的長程兜風。

和達也單獨相處的旅行。

深雪的心情與其說是婚前旅行更像是蜜月。

聽著未婚妻愉快的哼歌聲，達也和她一樣露出笑容。

◇　◇　◇

自動車內部的氣氛實在和平，外側則是成為對比的肅殺氣氛。

達也的車子行駛在高速道路時，好幾輛自動車輪流跟蹤。

跟蹤他們的不只是車子。設置在高速道路的監視器一直在追蹤達也的車，上空也有飛船以及HAPS監視器（平流層平台監視器）在監視。

從達也他們離家之後就持續至今未曾中斷。

取得達也要前往北海道的情報之後，首先加強警戒的是國防陸軍情報部。

北海道是和新蘇聯對峙的最前線。新蘇聯與大亞聯盟之間的摩擦升溫時，該地區受到的影響最為強烈。

千萬不要做出刺激新蘇聯或是大亞聯盟的舉動。情報部人員懷著祈禱般的心情注視達也他們的車子。

警方部門之一的公安，也從另一個視角關注達也的動向。魔法師人權團體（警方如此定義）魔法人聯社的活動在他們眼中隱藏著危險性，可能會刺激以人類主義者為首的反魔法主義團體引發激進反應。

達也與深雪的北海道行程或許是偽裝成旅行，企圖將魔法人聯社的活動據點擴展到北海道。公安陷入這種疑心疑鬼的狀態。

監視的眼線不只是政府機構。潛入日本的敵國間諜也加入監視行列。

道路監視系統與ＨＡＰＳ監視系統終究不允許間諜入侵。雖然間諜沒有遠距離追蹤的手段，不過新蘇聯與大亞聯盟都派車跟蹤。

◇　◇　◇

早上七點從調布住家出發的達也數度在中途休息，傍晚五點抵達函館。考慮到高速道路早已提高速限的現代道路法規，他的步調可說是相當緩慢。

進入函館市區的達也，開車前往飯店。

現在是傍晚五點，他在北海道的最終目的地是千歲，在這之前計畫前往別墅區當成幌子。雖然在這個時間還可以繼續向前走，但他今天預定在函館住一晚。

達也將車子與行李留在飯店，帶著深雪上街。這個時間正式進行觀光有點晚，不過也有某些地方是從傍晚才有樂趣。深雪今年二十歲，達也二十一歲，現在反倒可說是正好適合成年人約會的時間。

順帶一提，達也早就察覺監視的眼線，卻不以為意帶著深雪出遊。

監視達也的各個陣營都失去幹勁。

中午過後的時間點，愈來愈多人對於自己做的事情感到疑問。因為達也的駕駛過於悠閒。

感覺不到趕路意願的安全駕駛。依照他們的常識，工作時不可能像這樣浪費時間。

「這次應該只是婚前旅行吧……」接近青函隧道的時候，陸軍的情報部成員、公安的管制員以及外國的間諜都開始這麼覺得。

如今，他們的疑惑轉變為確信。

依偎行走在黃昏街道的男女。這副模樣簡直是……不對，完全是新婚佳偶。

不顧忌他人視線盡情撒嬌的新婚妻子。

不在意他人視線接納妻子的新婚丈夫。

受到兩人的濃情蜜意侵蝕（？），監視者一個接一個脫隊。

◇　◇　◇

隔天，達也開車前往北海道南部的別墅區。

其實他沒要購買別墅。這始終只是一種障眼法。

不過達也擁有足以購買別墅的資金。向房仲公司證明購買能力的文件，達也也有帶來。或許是文件發揮作用，帶他參觀別墅的業者態度相當親切。

深雪也如同年輕女孩般（這麼說或許是一種偏見）看著時尚的建築物與裝潢雀躍不已。甚至令達也心血來潮真的考慮買下來。

到最後只看沒買，享受別墅之旅直到中午過後，達也帶深雪前往洞爺湖。

雖然只是欣賞景色的時間，卻營造出很像是觀光旅行的氣氛。

在這個階段，只剩下陸軍情報部的兩名部員在跟蹤達也他們。

◇　◇　◇

達也他們在十二日星期一這天移動到千歲入住飯店。當然早就訂房，而且是總統套房。

還是大學生就這麼奢侈……或許容易令人蹙眉這麼認為，然而達也不是普通大學生。不只是地位與立場，也包括經濟層面。

即使不提達也，魔法師子女在金錢方面對自家有所貢獻的例子也很多，所以達也並非唯一的例外，但是程度與規模差太多了。達也在經濟層面也不是「例外」而是「特例」。

飯店人員也知道達也的長相、姓名與（表面上的）實績，因此沒投以「這個紈褲子弟……」之類的視線。只不過即使有人投以輕蔑的視線，他肯定也毫不在意。但是如果令深雪感到不悅，他可能不會原諒。

總之達也在這裡也以無從挑剔的紳士態度，帶領深雪一起進入總統套房。

隔天早上，穿著飯店職員服裝的男女推著推車造訪達也與深雪入住的總統套房。表面上單純是早晨的客房服務。偽裝成其他旅客的情報部人員也沒察覺不對勁。

不過進入房間的這兩人，在達也示意之後解除飯店職員的偽裝。女性職員從黑髮平凡美女變成絕世金髮美女，服裝也換成高級名牌連身裙。平凡的男性職員變成樣貌無懈可擊，身穿運動外套的紳士。

「達也大人，早安。」

紳士重新向達也道早安。

「嗨！兩位，昨天是熱情的夜晚嗎？」

金髮美女以親切語氣發問。

「哎喲，莉娜真是的。妳在說什麼啊……」

羞答答的深雪回以不是肯定也不是否定的話語。

這個反應使得莉娜不是假裝，而是真的誇張發出「哇喔！」的聲音。

各位應該已經知道了。女性職員是莉娜以「扮裝行列」變身的樣子。男性是達也的管家花菱兵庫。

「達也大人、深雪大人，請先用早餐。」

「花菱先生不吃嗎？」

「深雪大人，感謝您的關心。莉娜大人與屬下已經吃過了。」

兵庫回答深雪之後，推著推車進入深處房間，將歐式早餐擺在桌上，然後回到這邊的房間。

「深雪，來吃吧。」

達也摟著深雪的腰，引導她前往早餐的餐桌。

莉娜稍微臉紅目送兩人。

大約一小時後。達也與深雪和兩名飯店職員一起走出總統套房。女性職員推著推車，男性成員搬運行李箱。雖然有點早，不過大概是要辦理退房手續。

只是不知為何，女性職員在途中將推車交給其他職員，繼續和達也等人同行。男性職員在櫃檯將行李箱交給達也之後，和女性職員一起消失在櫃檯後方。

達也與深雪坐進泊車人員開到門口迴車道的自動車離開飯店。跟蹤兩人的情報部成員也立刻尾隨。

移動到櫃檯後方的男女職員，在外面人們再也看不見他們的同時改變外型。

兩人是以莉娜的「扮裝行列」變身為飯店職員的達也與深雪。莉娜施加在他們身上的「扮裝行列」失效了。

不用說，搭乘自動車從飯店出發的「達也」與「深雪」，正是以「扮裝行列」假扮的兵庫與莉娜。

就這麼完全掉包的達也與深雪前往地下停車場。兵庫開來的飛行車停在該處。

兩人上車前往北海道此行的最終目的地——千歲機場。

◇　◇　◇

載著達也與深雪的飛行車，從貨運斜坡進入大型運輸機。

兩人的目的地不是新千歲機場，是旁邊的國防空軍基地。美軍幾乎不會利用這座基地，不過這裡姑且是共同利用基地。

現在ＵＳＮＡ的運輸機難得在跑道待命。日美共同軍事演習突然成為超出預定的大規模演習導致其他基地空間不足，因此參加演習的運輸機飛到千歲。

這一切都是達也與ＪＪ——傑佛瑞・詹姆士設的局。為了避免達也的出國引人注目，ＪＪ協調五角大廈變更共同軍事演習的計畫，打造出這個狀況。

又不是總統，只是讓一個平民移動而已，或許不少人認為這是大費周章。不過達也的一舉手一投足就是這麼受到世界矚目，不得不做到這種程度。

經過這一連串的安排，載著達也與深雪的運輸機起飛前往美國西岸。

◇◇◇

載著達也等人的運輸機著重於低調行事，所以很可惜是次音速機。

從千歲基地離陸約九小時，抵達加利福尼亞州比爾空軍基地時的當地時間還算是深夜時段。

距離日出將近三個小時。

「司波先生、司波小姐，歡迎兩位大駕光臨。」

不過即使是這種時間，ＪＪ穿著一絲不苟的西裝走上運輸機舷梯。

「謝謝你在這種時間前來迎接。」
站在飛行車旁邊等待貨運斜梯降到地面的達也回應他的話語。
「千萬別這麼說，原本我甚至想以總統專機同級的機種迎接。」
ＪＪ如此回應，也和深雪相互打招呼。
「ＪＪ，現在使用總統專機有點心急吧？」
達也揚起嘴角，半開玩笑這麼說。
這句話引得ＪＪ出聲笑了。看來他聽得出達也暗示「秋天的總統大選應該會是ＪＪ擔任秘書的史賓賽部長勝選」。
「要在這裡辦理入境手續。有帶護照嗎？」
ＪＪ要求在機上辦理手續，對此略感驚訝的達也，和深雪交出兩人份的護照。此外出境手續是在千歲基地完成的。藤林之後會將電腦記錄修正為這個設定。
ＪＪ接過護照安裝在「讀寫裝置」。機器自動在空白頁面蓋章，在護照封面所貼的感應式晶片寫入數位簽章。
之所以沒有完全數位化，是為了在沒有資料讀取裝置的地區也能把護照當成身分證明文件來使用。畢竟世界上還有某些地方只能使用手寫記錄，某些時候也無法使用數位機器。
ＫＫ將處理完畢的護照還給達也。緊接著，運輸機的貨運斜梯像是抓準時機般降到地面。

「請上車。我們的車子會帶領兩位前往柏克萊的飯店。」

「麻煩你了。」

達也如此回應ＪＪ之後打開副駕駛座車門，牽著深雪帶她上車，然後自己也坐進駕駛座。

◇◇◇

抵達柏克萊的時候，天已經亮了。用飛的可以更早抵達，但在美國不能擅自讓飛行車飛行。即使不提這一點也必須依照ＪＪ的安排。

雖說比較費時，不過現在還是連早晨都稱不上的黎明時段，正常來說無法辦理入住手續。但是國防部長秘書官的頭銜在這時候發揮功效，不只如此，ＪＪ預訂的飯店以真正的意義來說是一流水準。

包括櫃檯人員、行李員與門房，和顏悅色是基本原則，不只是表情，達也甚至絲毫感覺不到厭惡的氣息。雖然有點對不起那邊的飯店職員，不過比起在函館入住的飯店，達也覺得這邊的人材素質優秀得多。

辦完入住手續之後，暫時和ＪＪ道別。

兩人一起使用浴室，沒吃早餐就直接上床。

中午過後，兩人正在飯店餐廳享受遲來的午餐時，ＪＪ稍微比預訂的時間早到。
「不好意思，兩位正在用餐嗎？」
ＪＪ以一副惶恐的態度低下頭。
「不介意的話，要不要一起吃？」
達也與其說是在關心ＪＪ，應該說更在意和他同行的兩人視線，邀三人一起入座。
「先生，請問方便嗎？」
果不其然，對達也這段話起反應的是那名女性。
「是的，博士。不用客氣請坐。」
「ＪＪ，既然先生這麼說了，我們就恭敬不如從命吧。」
ＵＳＮＡ引以為傲的魔法工學技師——艾比格爾．史都華以閃亮的眼神央求ＪＪ。
ＪＪ即使面有難色，依然回答「說得也是，難得有這個機會」接受達也的邀請。
ＪＪ自己拉椅子坐下，史都華由服務生拉椅子就座。
「肖拉小姐也不用客氣，請坐吧。」
然後，達也催促猶豫到最後的年輕女性入座。
「司波先生，原來您記得下官？」
這名女性滿臉驚愕看向達也回應。

「是的。記得中途島之後就沒見面了，肖拉小姐。恕我冒昧，請問妳現在的階級是？」

「先生，下官晉升中尉了。」

亞莉安娜・李・肖拉中尉。STARS的二等星級隊員。

三年前，她因為寄生物的叛亂而被關進中途島監獄，達也將她和卡諾普斯一起救出。當時的她是少尉。

雖然只在那時候見過一次，不過達也擁有過目不忘的記憶力。包括她的長相、姓名與想子特性都正確記在腦中。

「肖拉中尉，這位是我的未婚妻司波深雪。」

不用說，達也實際上是以美式的「深雪・司波」做介紹。

接著深雪也自報姓名，再加上一句「請多指教」。

聽到這裡，肖拉察覺這些人之中只有深雪和她是初次見面。

她連忙從剛坐下的椅子起身。

「初次見面，司波小姐。下官是亞莉安娜・李・肖拉中尉。很榮幸見到您。」

「您這麼客氣問候，我擔當不起。請坐吧。」

肖拉在深雪催促之下再度入座。

對於深雪就這麼坐著回應，場中沒人懷抱責備的情感。深雪原本就是在和達也用餐，ＪＪ等人知道應該被責備的是他們自己。

後來展現最旺盛食慾的人是史都華。她本人表示是在奧克蘭沒吃早餐專心工作的時候被拖來這裡。史都華吃的量不輸給達也，而且幾乎同時和已經吃到一半的達也與深雪一起吃完。

「——那麼，博士也會加入調查本次的事件嗎？」

達也喝著餐後咖啡這麼問。

「是的。這邊會請博士負責指揮調查團隊。」

回答的是ＪＪ。

「不是由醫師，而是由專精魔法工學的博士指揮？那麼你果然認為不是醫學上的疾病？」

「前幾天和先生見面之後，我得出這個結論。」

ＪＪ點頭回應達也的詢問。

「我說過好幾次這不是我的本行，卻因為由STARS負責調查就把我拱為負責人。」

「因為博士是STARS的主任科學家。」

如同要將史都華的怨言拋到一旁，ＪＪ以冷淡甚至是冷漠的語氣這麼說。從兩人的互動看得出這段對話進行過好幾次。

「那麼肖拉中尉也是嗎？」

聽到本次是由STARS負責調查，達也看向肖拉。

「下官受命負責護衛司波先生。」

「肖拉中尉會使用防禦精神干涉系魔法的對抗魔法，對這種魔法的抗性也高。我想應該幫得上先生的忙。」

肖拉的回答由史都華補足。

達也感謝他們這麼安排。

「原來如此。肖拉中尉，深雪的護衛就拜託妳了。」

如何確保深雪的安全，是達也這次最擔心的事情。

「知道了。請交給下官吧。」

肖拉瞬間露出疑惑表情，卻立刻點頭回應。

她沒忘記曾經在中途島見識到達也壓倒性的戰鬥力。

肖拉原本找不到本次指令的意義。不過既然是要護衛達也的未婚妻深雪，自己應該派得上用場——她這麼認為。

達也真的不需要什麼護衛。

肖拉三年前就體認到這一點。

【8】神罰魔法

ＪＪ在柏克萊的飯店和達也等人道別。頂頭上司即將在秋天進行總統大選的他，看來沒有閒到可以專心處理這個事件。

達也、深雪、史都華與肖拉四人結束餐後的午茶時間之後，分別搭乘兩輛車前往奧克蘭鄰近地區設置的對策據點。

達也以飛行車跟在肖拉駕駛的車子後方。像這樣行駛在市區，並不會特別感覺到異狀。或許那個異常現象只限於發生在奧克蘭市內。

「……看起來是和平的景色。不像是有某種近似陰謀的計畫正在進行……」

副駕駛座的深雪似乎也抱持相同印象。

「我也正好這麼覺得。」

達也表示自己也有同感。

對話繼續發展下去之前，肖拉的車就停在某間民宅前方。

這裡不是肖拉家，也不是史都華家。好像是為了調查這次的事件，以軍方預算買下剛好沒人住的這間空屋。不是「租用」而是「買下」，這部分大概是美國作風吧。

表面上是平凡的木造住宅，內部卻滿滿都是情報處理機器。地面各處都是裸露的管線，大概是提防情報在無線傳輸時被竊取而外洩吧。此外，也可能是為了方便更換機器而刻意沒設置辦公樓層。

「今天我想讓你看看至今收集的資料，明天再請你一起去患者那裡。」

史都華站在表面是觸控式螢幕的桌子——作戰桌的另一側，向達也如此提案。

「就這麼做沒問題。請讓我看資料吧。」

「好的。那麼首先是患者出現的地區……」

史都華以這句話做為開場白，同時將桌面切換成以奧克蘭市為中心的地圖。

◇◇◇

達也與深雪回到柏克萊的飯店時，已經是晚上八點多。午餐比較晚吃，所以兩人使用客房服務叫了分量較少的晚餐後，並肩坐在沙發。

「剛才的資料，達也大人有什麼想法？」

坐在身旁拿起總匯三明治的深雪詢問達也。這個國家最近逐漸注重健康，所以三明治的分量即使是深雪也能順利吃完。

「我在醫學方面是外行人，不過我認為這個國家的學者說得沒錯，不是大腦器質性的損傷或是病毒之類的感染。」

「那麼您果然認為是使用魔法的恐攻行為嗎……？」

「恐攻啊……」

達也停頓了一段時間才繼續說。看來他也還沒將思緒整理完畢。

「以隨機下手的意義來說應該算是恐攻，但是目的不明確。」

「目的嗎？」

「如果目的是政治性的示威，應該要有犯行聲明。即使是為了煽動反魔法主義而偽裝成魔法師的犯罪也一樣要有聲明。」

「會不會是還在確認效果？」

深雪說到這裡察覺達也進食的手停下來了，她將總匯三明治送到他嘴邊。

達也毫不猶豫咀嚼這塊三明治吞下肚，然後他回答「說得也是」同意深雪的推理。

達也從自己盤子拿起另一塊總匯三明治，送到深雪嘴邊做為回禮。

深雪害羞地咬了一口。

「只是我認為與其說是為了恐攻做準備，對方的目的可能只是要確認效果。」

達也就這麼將總匯三明治拿在深雪嘴邊補充這段話。

深雪的嘴唇碰觸到達也的手指。

達也不以為意，就這麼餵她吃完這塊三明治。

◇　◇　◇

隔天早上，達也前往史都華以電子郵件指定的醫院。肖拉說要前來接送，但達也這邊提案在醫院會合。

在大廳和史都華、肖拉會合之後，眾人前往病房。

患者住在普通的個人病房。由於除了溝通能力沒認定有其他異狀，所以判斷不必進行完整看護。雖然不只是說話與寫字，連操作面板顯示的選項都看不懂，卻能看圖畫或照片做選擇。是勉強可以溝通得知患者需求的狀態。

為了讓患者安心，達也穿上醫院準備的白袍，仔細「觀看」患者。

女性患者露出苦惱表情看向達也。看表情就知道她維持正常的判斷力，也因而知道她受到強烈不安的折磨。之所以沒失去理智，應該多虧她自己的精神力加上醫院人員的鼓勵吧。

「……很遺憾，這是魔法。」

達也嘴裡說「遺憾」，看起來卻不太氣餒。

他指向一旁準備的患者腦部掃描圖。大概是左半球上側後方語言中樞的區域。

「疑似魔法式的想子情報體入侵這個部位。因為和患者本身的想子體相互糾纏般埋入內部，所以才無法辨別吧。」

達也這段話使得肖拉露出不甘心的表情。以她為首的許多魔法師曾經從魔法層面調查患者，卻沒發現達也現在指出的魔法式。

「我第一次看見這個魔法。雖然極度複雜無法完全理解，不過應該可以認定是一種精神干涉系魔法。」

「即使是先生你也無法理解嗎？」

史都華驚聲發問。沒人對她說過達也的「精靈之眼」，但她早就察覺達也擁有極度高超的魔法分析力，猜想「質量爆散」也是這份分析力的產物。她已經接近真相到這種層級。

「我知道想子情報體的構造，卻無法理解這個構造產生何種作用引發失語症。」

「……可以把構造寫出來嗎？我務必想研究看看。」

「寫得出來，不過等到解決這個事件再寫吧。不提這個，在這間病房使用魔法沒問題嗎？」

「啊，是的，沒問題……」

確認史都華如此回答之後，達也指示深雪以選擇性的領域干涉覆蓋這間病房。

「領域干涉」是以不伴隨事象改寫的事象干涉力填滿特定空間的技術。換句話說，這個技術可以打造出只有術士自己能使用魔法的區域。

「選擇性的領域干涉」是由此發展的技術，架設出來的力場只允許術士自己以及特定的魔法師使用魔法。

不過，這不是任何人都能使用的便利技術。要把對方與自己的事象干涉力認知為同一類型，不只是在自己的意識之中，還要在潛意識之中熟悉對方的存在。只有特別親密的對象可以共享領域干涉。這是只限於心心相印的情侶，真的是夫妻這樣的搭檔才能使用的魔法技能。

達也對於深雪來說是滿足所有條件的對象，所以深雪在這裡也輕鬆回應達也的要求。

病房排除了來自第三方的魔法層面干涉。從外部產生作用的魔法當然不用說，在病房內部使用的魔法也變得無法從外部觀測。在可以說是魔法性質的暗房或淨室的這個空間，達也對患者發動「術式解散」。

表面上沒產生任何變化。

不過達也的「眼」清楚看見，入侵患者大腦側邊的魔法式分解為想子粒子逐漸消散。

「我是司波達也。方便對我說出妳的名字嗎？」

達也向患者搭話。

她睜大雙眼，突然開始嗚咽。

一邊流淚，一邊斷斷續續說出自己的姓名。

肖拉連忙呼叫護理師。

趕過來的護理師提出任何問題，患者都能一邊哭泣一邊正確回答。

直到這天為止，已經確認在奧克蘭共有六十三名患者。

而且達也只在這一天就讓二十七名患者康復。

◇　◇　◇

當地時間七月十五日傍晚。位於舊金山的ＦＡＩＲ總部。

領袖洛基·狄恩的辦公室現在有三名男女。

一人是房間的主人迪恩。他坐在辦公桌後方，一張意外樸素而且重視實用性的椅子上。

站在他身旁的女性是副領袖蘿拉·西蒙。

然後迪恩的桌子前方跪著一名年輕女性。金髮褐眼，年齡不到二十五歲。若說蘿拉是妖豔的美女，那麼這名女性就是男性會喜歡的美女。兩人的共通點在於都洋溢著淫靡氣息。

「海倫，看來進行得很順利。」

這名女性名為海倫・施奈德。在ＦＡＩＲ屬於新進成員，但是迪恩對她的魔法力評價很高。

「您過獎了。」

海倫低著頭以恭敬語氣回應，但她的聲音下意識隱含勾引男性的諂媚。

與其說是她的先天素質，應該說是後天磨練而成。海倫為了生活不得不學習這種技能。

她原本是流鶯。要不是迪恩偶然在暗巷搭話，發現她的潛在魔法力而收為ＦＡＩＲ成員，她至今應該也過著為了賺錢而和男性，偶爾也和女性上床的生活。

大概是基於這段原委，海倫對於迪恩的忠誠簡直是狂熱信仰。而且不是無私的忠誠，是堅持要成為他心目中的第一。

「迪恩大人賜給屬下的『巴別』，至今發揮不負其名的威力。這個魔法肯定會成為協助迪恩大人實現宏願的強力武器。」

因為這份狂熱信仰，所以在沙斯塔山挖出遺物「導師之石板」之後，她自願成為實驗台。連蘿拉都猶豫使用，先不提效果，還沒確定有什麼害處的「導師之石板」用在她的身上。

然後她習得了遠古魔法「巴別」。

記錄在石板上的這個魔法，較長的正式名稱是「巴別塔之神罰」。究竟是「神」所使用的魔法還是模仿「神蹟」的魔法，這一點無從得知。不過效果正如魔法名稱的意思——前提是石板記載的內容正確。

迪恩為了確認這一點，派海倫在奧克蘭進行實驗。

結果相當理想。「巴別」的效果是擾亂語言能力，造成和韋尼克氏失語症同樣的症狀，而且和一般魔法不同，會持續產生作用。

效果具備持續性的祕密，在於「巴別」的魔法式擁有近似病毒的性質。大腦是連結肉體與精神的通訊器官。寄生在大腦的「巴別」魔法式利用這個通訊功能干涉患者的精神與潛意識領域，維持自身運作所需的想子波與靈子波由患者自己產生。換句話說「巴別」是將患者打造成自殘特化的魔法師。

使用的技術類似達也在人造魔法師實驗被植入的虛擬魔法演算領域。不過魔法性質的能力無法由患者自由設定。「巴別」的魔法式是依照既有程式運作。

會出現像是傳染給他人的現象，也是近似病毒的這個系統使然。「巴別」的魔法式會干涉患者的潛意識領域複製自己，隨機寄生在附近人們的腦部。「巴別」真的會傳染，而且一名患者造成的二次感染不限一人。

不過這個魔法最多只能造成第二次的感染。患者複製出來的魔法式只擁有「巴別」原本的功能，也就是擾亂語言能力的作用。二次感染的患者沒有繼續傳染給他人的能力。複製與傳染魔法式的功能和擾亂語言能力的功能是不同程序，在患者體內複製的只有擾亂語言能力的相關程序。

現階段包括迪恩與蘿拉，沒有任何人知道這件事，這是「巴別」為了確實引起二次感染而進行調節，以免對於患者的精神造成過度負荷。

複製魔法式傳染給別人，等同於強迫患者使用魔法。複製的魔法愈複雜，對精神造成的負荷愈重。

複製的魔法式如果也包含魔法的傳染功能，患者的潛意識領域很可能會故障。如同魔法師使用超越自身能力的魔法會導致魔法演算領域過熱，以最壞的狀況來說會喪命。

要是患者在二次感染之前就死亡，「巴別」造成的混亂不會擴散。開發這個魔法的神祕人物為了確實擾亂語言能力造成社會混亂，刻意將感染次數限制在兩次。

「——自動擴散的範圍好像僅止於五到六人。」

迪恩對海倫說的這句話，暗藏有點不滿的語氣。

「剛開始勉強只能傳染給兩人。應該是魔法使用熟練之後就能增加擴散範圍。」

迪恩以及海倫自己還不知道，在患者潛意識領域複製魔法式的時候會劣化。劣化程度和術士原本忠實發動「巴別」的程度成反比。

此外要是患者的精神被迫進行作業而耗盡，就會停止複製。這也是「巴別」內建的功能，取決於強迫患者精神進行複製的魔法程序正確運作到什麼程度。

這兩個要素打造出傳染人數的極限。而且傳染人數的上限，端看發動「巴別」的魔法師嚴謹架構魔法式，克服目標對象在情報層面的抗性，讓魔法式穩定附著的能力。也就是受到術士魔法力的影響。

幸好以海倫的魔法力，再怎麼熟練頂多也只能造成十人左右的二次感染。即使如此，她還是可以對一百人使用「巴別」奪走一千人的語言能力造成大混亂。

不過如果是魔法力和深雪或莉娜一樣強的術士施展「巴別」，會造成整座大都市陷入癱瘓的結果。基於這層意義，「巴別」可說是和戰略級魔法同級的凶惡魔法。

「──這樣啊。妳就繼續進行實驗，努力把魔法練熟吧。」

還不清楚「巴別」性質的迪恩，似乎暫時接受海倫的解釋。這句話使得海倫暗自鬆了口氣。

但是現在安心還太早。

「閣下。關於『巴別』的擴散，我想提供您一個情報。」

至今保持沉默的蘿拉在這個時間點插嘴。

迪恩轉頭看向站在身旁的蘿拉，以視線與手勢催她說下去。

「從昨天開始，各醫院的患者接連康復。」

「醫生治療成功了嗎？」

迪恩以感到意外的語氣反問。

蘿拉露出乍看像是感到遺憾的表情搖頭。

「醫學方面的治療依然束手無策。暗中調查的康復案例全都是魔法式被破壞。」

「怎麼可能！」

大喊的是海倫。她連忙擺出謝罪姿勢。

迪恩沒責備她。

「破壞魔法式的對抗魔法？STARS有魔法師能使用這種魔法？」

他像是把海倫的叫喊當成耳邊風般忽略，再度發問。

「康復的患者都有接受STARS的亞莉安娜・李・肖拉中尉來訪。但是沒有情報指出肖拉中尉能使用這種高階的對抗魔法。」

「總歸來說，還不知道礙事者的真實身分嗎？」

「正是如此，閣下。」

蘿拉恭敬行禮，迪恩在一旁沉思。

被忽略、冷落的海倫，維持低頭的姿勢咬住嘴唇。

其他地方就算了，偏偏是在迪恩面前，而且是被蘿拉找麻煩。

海倫完全嚥不下這口氣。

◇　◇　◇

達也花了三天，讓至今確認的七十五名患者（他來到奧克蘭之後又增加十二人）全部康復。不過被害範圍也擴大到奧克蘭市外，這方面還沒處理。

「哎呀～～託先生的福真的幫了大忙。」

達也在奧克蘭市內為最後一名患者去除魔法式之後，史都華在醫院走廊稱讚並且慰勞。

話說回來不只是史都華與肖拉，深雪也在達也身旁，但是他們不太受人注目。即使不認識達也的人不算少，不會被深雪美貌奪走目光的人不分男女都是罕見的例外。

這正是達也赴美之前接續夕歌的研究所完成新魔法的效果。

和夕歌討論之後決定的魔法名稱是「冥隱」。命名自希臘神話的冥王「黑帝斯」的別名「艾多紐斯」（隱形者）。

從鬼門遁甲的研究衍生發明的這個魔法，效果是「利用投向術士的視線干涉對方意識，強制造成臉孔失認現象，再也不對術士感興趣」。「臉孔失認」另一個名字叫做「臉盲症」。是「即使看見對方臉孔也認不出是誰」的一種腦功能障礙。

發動「冥隱」的魔法師，會被別人當成「不會留下印象的人物」。並不是看不見，也不是完全失去存在感，所以提防可疑人物的警衛會認知到術士的存在，卻認不出術士是誰。

此外，臉孔失認的效果只對術士本人有效，所以受到魔法影響的人幾乎不可能察覺中招。

隔著監視器也有效果，對於影片與照片卻沒有效果，這是該魔法的弱點。不過至少任何人都可以藉此混入群眾之中，所以在潛入任務是十分有用的魔法。

達也將「冥隱」的魔法式登錄在人造聖遺物「儲魔具」，製造出不必特別分神也能持續發動這個魔法的魔法工具。

多虧這個魔法，達也與深雪才能不引人注目，在美國西岸自由行動。

◇　◇　◇

前天，FAIR的海倫・施奈德得知有人走遍各處讓她使用的「巴別」失效，從昨天就到處在尋找這名魔法師。

海倫使用「巴別」是基於實驗目的。為了確認效果，她預先使用FAIR的組織能力調查患者入住的醫院。只要監視這些醫院，她要找的魔法師肯定會出現。

如此心想的海倫和同伴分頭監視，然而這名魔法師就像是在嘲笑她，沒被FAIR的任何人發現就讓患者康復。

明明肯定使用了去除「巴別」魔法式的對抗魔法，監視醫院的成員卻沒能感應到魔法發動。

這個矛盾令海倫與同伴們一個頭兩個大的時候，患者終於只剩下奧克蘭西方鄰市阿拉米達的最後一人。

海倫連忙趕到收容這名患者的醫院。

妨礙她的魔法師肯定會來這裡。如此心想的她全神貫注監視出入醫院的人們。

（那是……STARS的亞莉安娜・李・肖拉？）

肖拉是本次事件需要注意的人物，她的照片有預先發給海倫等人。

進入醫院的肖拉有三人陪同。一名男性與兩名女性。海倫在「巴別」對策的政府人員照片看過其中一人，不過對於另外一男一女完全沒記憶。

海倫悄悄在他們身後觀察行進方向。正如預料，四人前往最後一名患者的個人房所在的病房大樓。

海倫在等候室假裝成探病親友，提高知覺的敏銳度。然而無論經過多久，都沒感應到魔法發動的徵兆。

不久之後，肖拉和她的同行者走出病房大樓。不知道最後的患者是否治療完畢。雖然沒發現對抗魔法發動的徵兆，但海倫已經知道這不能當成否定的根據。

肖拉等四人中的某人消除了「巴別」的魔法式——海倫懷著這個疑惑，將注意力朝向他們。

四人離開醫院，海倫若無其事隨後跟上。

在四人走出醫院大門的下一瞬間……

「哎呀～～託先生的福真的幫了大忙。」

海倫聽到這個聲音。

從距離有點遠的後方，聽不出是誰說出這句話。

不過明顯可以確定這句話是對誰說的。因為四人之中只有一名男性。

（那傢伙嗎！）

海倫在內心大喊。

走遍各處消除「巴別」魔法式的術士。

妨礙她的魔法師。

海倫確信就是那個男人沒錯。

她衝動地向男性使出「巴別」。她習得「巴別」的代價是無法使用其他魔法。

◇◇◇

背後突然出現魔法發動的氣息。

達也的應對非常迅速。魔法朝他發動之後，他幾乎在同一時間，連ＣＡＤ都不使用就發動破壞魔法式的對抗魔法「術式解散」。

這個魔法不是達也原創的魔法。理論從以前就為人所知，也有在實驗室層級觀測到該魔法發動的先例。

「術式解散」是認知想子情報體的構造，將其分解成碎片的魔法。第一步是要認識目標魔法式的構造。因為需要這個步驟，所以來不及讓魔法失效，在實踐（實戰）的時候派不上用場。達也以前就是這麼評價的。至今除了達也還是沒人能使用「術式解散」。

向達也施放的魔法是前天第一次看見，有許多未知要素的魔法。即使如此，達也依然可以瞬間應對，原因在於他在這三天連續分解相同的魔法式好幾十次，累積的經驗助益良多。

轉身一看，一名年輕女性神情錯愕。剛才攻擊達也的魔法師明顯是這名女性。而且她也明顯是到處使用失語症魔法的真凶。

達也試著剝奪這名女性的行動能力。

但是來不及。

達也施放魔法之前，深雪就已經施放魔法。

極寒的暴風雪吹向這名女性。

侵蝕世界的冰雪幻影。

幻影瞬間消失。太陽照耀著盛夏的城市。

「可惡的歹徒。竟然膽敢危害達也大人……有點自知之明吧。」

深雪在陽光下以日語呢喃。

女性倒下了。

肖拉露出驚覺不對勁的表情，連忙跑向倒地的女性。

除了應該是倒地時造成的擦傷與瘀青，這名女性沒有受傷。

看起來也沒有撞到頭。

不過再怎麼叫她，女性也沒有清醒的徵兆。

深雪施放的魔法是精神干涉系魔法「冰眠荊鎖」。是將深雪真正的王牌——精神魔法「悲嘆冥河」修改後降低威力易於使用的魔法。「悲嘆冥河」是凍結精神帶來更勝於死亡的「靜止」，相對的，「冰眠荊鎖」是帶來無法主動清醒，類似荊棘詛咒的「沉眠」。

中了「冰眠荊鎖」這個魔法的人，必須以經過無系統魔法調頻的專用想子波照射，否則絕對不會清醒。

深雪以絕對零度的視線，目送女性被送進面前的醫院。

明顯看得出深雪沒有意願讓那名女性清醒。

但是不能這樣。

雖說是短短兩週左右的期間，也還沒有擴散到驚動媒體，不過這名女性害得政府機構與醫療人員大為混亂，受害者以及親屬也悲嘆度日，所以必須徹底對她進行偵訊。

而且，達也「看見」非常令他在意的東西。

女性倒地之後，真相不明的情報體脫離她的身體。

（那個難道是光宣先前說的「使魔」……？）

光宣之前潛入舊金山，將來襲的ＦＡＩＲ成員燒死的時候，灰燼裡鑽出一個非常古老又堅固的情報體。

「看見」從這名女性身體出現的「東西」之後，達也立刻想起這件事。

類似「使魔」的這個情報體，不到一秒就從達也面前消失。

不是飛走，是消失。不是消滅，感覺是轉移了情報次元的座標。

達也沒能追尋到情報體的去向。

那個「使魔」的事情，也必須向這名女性問個明白。

幸好達也也能使用解除「冰眠荊鎖」沉眠的無系統魔法。

達也輕輕嘆氣，掉頭回到醫院要叫醒剛才偷襲的女性。

此外，經過肖拉與史都華的協調，深雪擅自使用魔法的行為沒被追究。

◇◇◇

蘿拉．西蒙是在即將日落的時候察覺這件事。她來調查已經用過的「導師之石板」，發現石板回復為使用之前的狀態。

海倫使用石板之後，蘿拉也繼續研究這個遺物。她知道即使是空殼，只要碰觸實物，還是可以知道「導師之石板」是以何種機制運作的物品。

這塊石板內部住著「使魔」。魔法師將力量注入石板，使魔就會覺醒，依附在奉獻力量的術士身上。

「使魔」會將特別的魔法賜給附身的宿主。

若以現代魔法學的方式形容是這樣的，以分子級色素序列記錄的刻印魔法被注入想子就會發動，建構出想子情報體使魔（魔法演算領域會無視於當事人的意願運作），送進想子注入者的潛意識領域。

使魔在魔法演算領域成為建構特定魔法的子系統發揮功能，將石板保存的魔法賜給術士。不過因為子系統占據大部分的魔法演算領域作為代價，所以術士能使用的魔法將會明顯受限。

如果演算領域的容量不夠容納這個魔法，宿主不只是學不到石板的魔法，還會因為負荷過度而死。要是沒有多餘的容量，就完全無法使用其他魔法。石板的魔法愈是高階又強力，這個風險就會愈高。

石板的刻印魔法一旦發動並且放出使魔，刻印的魔法式就會被改寫，導致石板成為無法使用的狀態。不過成為使魔宿主之魔法師的演算領域停止之後（這種狀況大多意味著魔法師的死），使魔就會脫離宿主回到石板。石板的刻印魔法式藉由使魔的情報自行復原，等待新的使用者，也就是使魔的宿主出現。

這裡的「導師之石板」如今處於這個狀態。

「海倫死了嗎……」

蘿拉在獨處的房內低語。聲音裡沒有惋惜或哀悼的情感。

「原本希望她多收集一些情報再死……」

不，或許多少隱含惋惜的情感。

因為白老鼠出乎意料早早就失去功用而感到惋惜的情感。

「哎，好吧。一直把這個貴重的魔法交付給那個狐狸精，我內心也不是滋味……」

蘿拉是ＦＡＩＲ的副領袖，同時也是洛基・狄恩的情婦。

為了獲得迪恩寵愛而明顯阿諛諂媚的海倫，對於蘿拉來說當然是眼中釘。

◇◇◇

加利福尼亞州柏克萊，當地時間七月十七日晚間七點。達也與深雪受邀共進晚餐。

雖說受邀，但場所是在兩人下榻的飯店。主辦人是緊急從東岸趕過來的ＪＪ。史都華與肖拉也一同參加。

「我沒料到事情會這麼迅速解決。不愧是達也。真的很謝謝你。」

乾杯之後，ＪＪ真摯道謝。這個事件如果拖太久，執政黨以及他的頂頭上司就會失分，可能也會對總統大選造成負面影響，所以他的謝意千真萬確。

「不用客氣。我在這次的事件獲得寶貴的知識，所以也很滿足。」

海倫．施奈德的偵訊過程也有讓達也加入。關於引發失語症的魔法「巴別」以及用來習得該魔法的遺物「導師之石板」，都在偵訊時問到詳細的情報。

「她出言證實ＦＡＩＲ涉入這個事件，卡諾普斯司令也說要立刻請市警當局採取行動。」

這段話是肖拉說的。史都華大幅點頭附和。

維持治安原本不在STARS的管轄範圍，不過應該是無法忽視這個事件演變成大規模魔法恐攻的可能性吧。不只是對於STARS這個組織，對於魔法師個人或是魔工技師個人來說，這都不是可以忽視的問題。

ＦＡＩＲ原本就是潛在的犯罪集團而引起警方注意。至今沒有組織性參與犯罪的證據所以放他們一馬，不過海倫的證詞肯定能讓警方決定強制搜查。包括ＦＥＨＲ交出的「白色石板」，預料將會徹底追查下去。

「先生明天之後有什麼打算？如果有空的話，方便協助進行『巴別』的分析嗎？」

史都華邀請達也共同做研究。

「承蒙您這麼邀請，不過……」

達也以感到歉意的表情搖頭。「巴別」確實是令人深感興趣的魔法，不過達也已經「看過」魔法式的構造，結果也得知那個魔法使用的「語法」和現有的類型不同。

那不是一朝一夕就能解析的東西，大概需要以年為單位的時間做研究。達也基於立場無法在美國待這麼久。

「現在比起『巴別』，我更擔心石板出土的那個洞窟。」

達也補充這句話當成拒絕史都華邀請的理由。

「沙斯塔山的洞窟嗎？」

「嗯，是的。」

這不是暫時變通的藉口。

「ＪＪ，可以准許我調查沙斯塔山嗎？」

達也是真的想調查那座山。

「沙斯塔山並沒有禁止進入，所以我不介意……但是你知道場所嗎？」

突如其來的這個要求，使得ＪＪ露出困惑表情。

「我想試著連絡一個叫做ＦＥＨＲ的團體。他們先前提供ＦＡＩＲ盜挖的情報給警方。」

「這麼說來，先生你先前就派了使者前往ＦＥＨＲ。」

「原來你知道嗎？」

派遣真由美前往ＦＥＨＲ的這件事，就算被知道也不成問題。何況當時對真由美不利的那個陰謀和今年秋天的總統大選有關。ＪＪ也深入參與這場選戰，如果他不知道真由美被派遣赴美，反倒還比較不可思議。

「我明白了。你要開自己的車前往沙斯塔山嗎？」

「我是這麼打算的。」

「這樣啊……要不要派肖拉中尉護衛？」

「『巴別』的術士失去行動能力，所以沒這個必要了。」

肖拉以「擔任護衛對抗身分不明的精神干涉系魔法使用者」這個名義陪同達也他們行動。如今這個名義已經失效。

「相對的，我想飛去目的地，可以請你安排讓政府默許嗎？」

「如果只需要輕航機就好，我可以包機……」

ＪＪ露出恍然大悟的表情，沒有繼續詢問達也的意願。因為他回想起達也從日本運來的車子是「飛行車」。

「知道了。這部分我來安排，所以路上小心。」

ＪＪ個人想派肖拉同行當成「繫在貓身上的鈴鐺」，但是沒有硬逼達也接受。

【9】新的目標

達也等人下榻的飯店裡沒有監視他的眼線。就達也看來只覺得意外，不過以ＪＪ的立場，他不希望這種事壞了達也的心情。

接受ＪＪ進言的國防部長史賓賽一聲令下就讓美國國防情報局收手，其他情報機構也跟著照做。英語也有一句諺語是「別驚動睡著的狗（Let sleeping dogs lie）」。意思近似於「閒事少管為妙」。畢竟嘴裡再怎麼說，實際上在美國也沒人會刻意硬著頭皮為人作嫁。

深夜時分，當地時間剛過凌晨零時。達也來到陽台以衛星電話發送簡訊。收訊人是他位於日本的私人管家花菱兵庫。

內文是「關於那件事，請幫我轉達可以退場了」。

乍看像是指示要把確定虧錢的投資停損，不過這當然是暗號。

他就這麼開著大窗子回到室內，一分鐘後，他剛才所站的陽台突然出現氣息。看向該處卻看不見人影。瞬間產生的氣息也隨即消失，像是在說這一切只是錯覺。

「歡迎你來。」

但是達也毫不猶豫朝著無人的陽台打招呼。

掛在大窗戶上的窗簾朝內側飄動。

窗簾飄動的前方，出現一名俊美得超乎人類的神祕青年。

「晚安，達也。找我過來有什麼事嗎？」

「光宣，我想借用你的力量。」

這名青年叫做九島光宣。「超乎人類」是比喻，同時也是事實。他曾經是人類，現在是寄生物。

光宣居住在高度約六千四百公里衛星軌道上的太空站，不，應該說是衛星軌道居住設施「高千穗」。他剛才從該處降落前來這裡。

不是駕駛太空艙或是太空梭重新突入大氣層降落，當然也不是搭乘不明飛行物（UFO）（正式名稱是不明航空現象（UAP））前來。

他是以魔法降落。使用的是刻印魔法陣的「疑似瞬間移動」。達也他們將這項技術稱為「虛擬衛星電梯」。

達也邀光宣坐下。兩人隔著餐桌相對而坐。

「要喝點什麼嗎？」

「不用了。不過，我可以帶走茶包嗎？」

「當然沒問題。」

光宣應該是顧慮到留在「高千穗」的水波。而且既然要喝高級的紅茶，他肯定想和水波一起喝。

他在這方面「姑且」算是人類，比我還像是普通人。達也如此心想。

「所以，請問是要我幫什麼忙？」

大概是在遮羞，光宣表情忽然變得嚴肅。

達也也沒有胡亂捉弄光宣，進入正題。

「話先說在前面，這個委託不合法。你不願意的話就拒絕吧。」

「請告訴我內容。」

光宣完全不打算只因為非法就斷然回絕。他在成為寄生物的時候做盡各種壞事，如今犯下一兩個人類訂下的罪行算不了什麼。

「想請你偷走ＦＡＩＲ從沙斯塔山挖出來的黑色石板。」

「只要黑色石板就好嗎？」

從沙斯塔山挖出來的石板有黑白兩種。光宣也已經掌握這一點。

「那塊黑色石板到底是什麼？」

「如果先前偵訊的ＦＡＩＲ魔法師擁有的知識正確，那塊石板好像叫做『導師之石板』，是傳授魔法的裝置。」

「傳授魔法？是教導魔法的遺物嗎？」

「與其說是『教導』，形容為『植入』或許比較接近。」

包括逮捕海倫時目擊的想子情報體，達也把先前從她那裡問到的情報都告訴光宣。

「難道說……我在舊金山『看見』的『使魔』，你認為也是那種使魔之一？」

「我認為有可能，但我在意的不只是這一點。」

達也對光宣回以肯定之意，並且稍微搖頭。

「如果現代技術也能創造使魔，將會極為危險。理論上也能利用使魔量產戰略級魔法師。」

光宣立刻理解到達也所說的可能性。

「只看先前問到的情報，記錄在石板的魔法『巴別』也很危險。雖然不會直接造成破壞與殺戮，不過依照狀況可以摧毀現代社會。」

達也進而指出這一點。

「這方面的對策另外再思考。需要的資料都已經取得，不過關於使魔的情報還不夠。首先我想調查那塊可以派出使魔的『導師之石板』。」

光宣聽完達也的回應點了點頭。

關於研究使魔的必要性，光宣也有同感。

「知道了。我接受委託。」

光宣和達也一起認知到事態嚴重，答應協助搶走ＦＡＩＲ手中的「導師之石板」。

和達也談完之後，光宣再度走向陽台。

達也勸他留下來過夜，不必頻繁在地面與衛星軌道之間來回，不過光宣笑著婉拒了。

光宣即使沒說出口，達也也知道他想盡量避免水波孤單一人。所以只邀請一次就不再挽留。

光宣的身影消失。

相較於上升到衛星軌道的魔法規模，留下來的痕跡寥寥無幾。就算是比日本先進的ＵＳＮＡ魔法探測技術，除非現在當場使用，否則應該不可能查出端倪。

「飛鳥離去不留痕」這句諺語，光宣不是當成比喻而是實踐字面上的意思，暫時回到宇宙。

◇　◇　◇

隔天的七月十八日，迪恩在自己的房間從蘿拉口中得知「導師之石板」再度可以使用。

他和蘿拉一樣，沒說出惋惜海倫的話語。

如果其他成員在場，或許他至少會假裝哀嘆一下，不過現在只有他與蘿拉兩人。迪恩認為沒有演戲的必要。

「妳覺得接下來讓誰學魔法比較好？」

迪恩把玩著蘿拉給他的黑色石板（具體來說是以對角線為軸心在雙手之間轉動）詢問蘿拉。

「由閣下您來使用就好吧？」

蘿拉想都不想就這麼回答。

「不，我不會使用這塊石板。」

迪恩說著將石板還給蘿拉。

「還是不能忽視『戴歐尼修斯』再也無法使用的可能性。」

「戴歐尼修斯」是迪恩所擅長，要說是他專屬也不為過的罕見魔法。ＦＡＩＲ原本是無國際華僑恐怖分子紀德・謝茲・黑顧——顧傑為了打擊魔法師形象而組織的團體。顧傑在組織設立的過程始終只在幕後操控，挑選表面上和他無關的人擔任代表。當時獲選的就是迪恩。

而且顧傑選擇迪恩的理由就是「戴歐尼修斯」。

這個魔法的直接戰鬥力很低。

不過「戴歐尼修斯」對於非法組織的領導者來說會成為強大武器，這個特徵彌補戰鬥力綽綽有餘。ＦＡＩＲ如今能夠完全脫離顧傑的控制，迪恩名副其實得以掌握實權，都是因為有「戴歐尼修斯」。

迪恩也非常看好「巴別」的價值。然而這並非不惜冒著失去「戴歐尼修斯」的風險也要親自學會的魔法。

「蘿拉，我在考慮利用『巴別』再度挑戰取得人造聖遺物。」

「從FLT取得聖遺物？」

用在恆星爐設施，能儲存魔法式的人造聖遺物，製造地點並不是在設施所在的巳燒島，而是在東京的FLT。曾經是迪恩部下的「雅努斯」雙人組竊取人造聖遺物失敗，不過製造場所的相關情報已經傳到迪恩這裡。

「我承認『巴別』會成為強大的武器，但是站在組織的立場，為了強化武裝還是需要那種聖遺物。」

「……我知道了。那就由我使用石板。」

蘿拉將妖豔的美貌繃緊，向迪恩表現決心。

「妳願意去日本嗎？」

「是的，閣下。」

「這樣啊。拜託妳了。」

「好的。那麼，接下來我要進行『巴別』的傳授儀式。」

「嗯。」

迪恩滿意點頭。

「閣下，恕我失陪。」

蘿拉拿著石板，從迪恩面前離開。

◇◇◇

七月十八日是星期日。或許她上午去了教會也不一定……如此心想的達也，使用飯店的電話機撥打視訊電話到溫哥華。

蕾娜的電話號碼，達也在面會星幽體時就有問到。一反原先的擔憂，蕾娜立刻接電話了。

出現在畫面上的蕾娜露出嘴巴半開的表情僵住，並非因為來電的是達也。映在視訊電話的視線，會反映對方正在看螢幕上的哪個地方。如果看著通話對象的眼睛，就會隔著影像四目相對。

現在蕾娜的視線不是投向達也，而是固定在他的身旁，也就是深雪。

看來她沒看過深雪的照片。如此心想的達也為她介紹深雪。

『……那個，初次見面，我是蕾娜・費爾。司波小姐，很榮幸見到您。』

「謝謝您這麼客氣。我是司波深雪，我才要請您多多指教。」

深雪回應時的語氣也相當僵硬。看來深雪也對蕾娜的容貌感到驚訝。以深雪的狀況，她不是被蕾娜的美貌，而是被她的年輕所震撼。

關於ＦＥＨＲ的報告書，深雪已經重複看過許多次，所以也記得蕾娜的相關資料。她知道蕾娜的實際年齡是三十歲，肉體年齡是十五歲左右，也看過照片記在腦中。

不過比起看照片，在視訊面對面的時候又給深雪不同的印象。畫面上的蕾娜，深雪怎麼看都覺得只像是比她小了三到四歲。

達也也能理解兩人的困惑。但是他不需要出面打圓場。

「費爾小姐。我現在來到加利福尼亞的柏克萊。」

『您來美國了嗎？』

蕾娜的表情綻放喜悅的光輝。是令深雪忍不住吃醋的耀眼笑容。

『但是為什麼會來到柏克萊？』

蕾娜臉上隨即帶著疑惑之意。動不動就改變的表情使得她看起來格外年輕——應該說年幼。

「ＦＡＩＲ濫用魔法引發某個事件，我在這裡協助調查。」

『……那個事件已經解決了嗎？』

「嗯。犯人抓到了。ＦＡＩＲ本身也會在最近被警方搜查吧。」

『這樣啊。』

畫面上的蕾娜露出鬆一口氣的表情，「警方終於願意出動了」的內心想法也若隱若現。

『是和那塊黑色石板有關係的事件吧？』

「是的。說來遺憾，費爾小姐的預感命中了。」

『說得也是……其實沒發生任何事情是最好的。』

蕾娜不甘心般低下頭。

和那張神祕的美貌不符，她的表情意外豐富。在達也身旁看畫面的深雪如此心想。

『不過，幸好先生您願意過來。我覺得多虧有您才能避免最壞的事態。司波先生，真的很謝謝您。』

蕾娜抬起頭，再度露出閃亮的笑容。

深雪在腦中拿出紅筆，在她的資料寫上「要注意人物」五個字。

「這次避免了最壞的結果，但是還不能說事件已經全部解決。」

『……因為石板還在ＦＡＩＲ手中嗎？』

「這也是原因之一。」

這方面的對策已經委託某人進行，達也沒透露這一點。

『您的意思是？』

「石板出土的沙斯塔山洞窟。」

『啊，原來如此。那裡可能還埋藏著其他的危險物品。』

蕾娜也不是沒想過這個可能性，但是她忙著將同伴回收的白色石板與盜挖證據的影片交給警方，陪著同伴一起接受警方偵訊，就把這件事趕進腦中一隅了。

「所以我想再次調查那個洞窟。」

『這樣啊。既然這樣，要由我的同伴帶路嗎？』

「感謝您的建議，不過只要告訴我地點就好。」

『這樣啊……』

蕾娜遺憾般低語，但是沒有演變成爭論。

魔法師各有獨特的絕活。達也應該是想在調查的時候，使用不能被外人看見的祕密技術吧。

蕾娜以這種方式解釋達也的回絕。

『既然這樣，我介紹知道洞窟地點的私家偵探給您。雖然是西雅圖事務所的人，不過我會試著拜託對方過去您那裡。』

「私家偵探嗎？」

『是的。那位偵探和先生您一樣是日本人，所以我覺得也方便詢問詳情。』

蕾娜說的「日本人私家偵探」，達也心裡有底。

恐怕是先前聽真由美說的那個人吧。

達也幾乎已經確信私家偵探的真面目。

「謝謝。那麼可以勞煩您通知那位偵探在今天上午打電話給我嗎？」

比起一邊看地圖一邊找，有人帶路比較省時省力。達也心想「就叫她為我做牛做馬吧」，同時以懷抱歉意的語氣委託蕾娜傳話。

『我知道了。如果還有我能做的事，請不用客氣儘管對我說。』

蕾娜看起來完全沒察覺達也的惡意。

◇　◇　◇

打給達也的這通電話是在十一點五十九分於飯店響起。只差一點就超過約定的時間。不是視訊而是語音通話，也顯示出對方的心境。

『我是蕾娜・費爾小姐介紹的私家偵探露卡・菲爾茲。』

假惺惺自報姓名，應該是想要裝作彼此不認識吧。

「小野老師，好久不見。」

可惜達也不想配合她的希望。

『……幸會，您是司波先生吧？』

露卡・菲爾茲——小野遙依然堅持演這場戲。

「別再浪費時間吧。事不宜遲，您願意幫忙帶路吧？」

達也的對應很冷淡。

話筒傳出故意加重的嘆息聲。

『……如果你願意當作是初次見面，就可以省略不必要的程序了。』

「我想在沙斯塔山會合，妳大約幾點能到？」

達也不理會遙的抗議，朝著實務方向推動話題。

這次話筒傳來放棄的嘆息聲。

『老實說，我湊巧來到沙斯塔山附近，所以司波先生應該會比我多花時間。』

大概是要當成最後的界線，遙不以「司波同學」而是以「司波先生」稱呼。

「那麼下午三點可以嗎？」

『……從柏克萊開車過來，肯定要五小時吧？』

「沒問題的。」

『……這樣啊。』

遙沒有繼續提醒。她不知道飛行車的存在，卻認為達也應該擁有她不知道的代步工具，所以將疑問吞回肚子裡。

「場所請小野老師指定吧。」

聽到這句話，遙說出某座公園的名字。

『飯店怎麼辦？我這邊也能安排。』

「不，沒這個必要。」

『……但我覺得會花費不少時間啊？』

「沒問題的。」

遙沒有繼續在常識範圍擔心達也。

下午三點，遙來到指定會合的公園時，達也已經在停車場等待。他走到車外，身體靠在廂型旅行車的駕駛座這邊看向停車場入口，但是遙沒認出他是達也。

即使達也走過來，也只覺得有陌生人走過來而提高警覺。完全沒印象的這名男性臉孔，遙不記得自己看過。

「小野老師。」

被叫到名字的遙發出「咦？」的聲音。

「……難道您是司波先生？」

「是的。」

聽到這聲回答，遙終於認知他是達也。

各位應該已經知道，這是認知阻害魔法「冥隱」的效果。這個魔法的效果不是「扮裝行列」

那種變身，所以原本的長相沒有改變。只要術士做出刻意讓他人認知的行動，對方就能識別術士沒改變的外貌。

「立刻出發吧。可以請您帶路嗎？」

「知……知道了。」

還沒完全回復平常心的遙，有點結巴地點頭回應。

◇　◇　◇

遙引導達也來到最靠近ＦＡＩＲ所盜挖洞窟的空地。

遙走下自動車。達也與深雪也從跟在後方的飛行車下車。

「請問……這一位難道是深雪小姐嗎？」

遙的詢問使得達也微微聳肩。

自己提出這個問題的遙，有種難以置信的感覺。

深雪也再度將外型變成身分不明的「路人甲」。即使是遙也猜不到是何種魔法的效果。

不過遙沒想到連深雪的那種光輝都能消除。與其說難以置信應該說難以想像。遙甚至有種想要大喊「不可能！」的心情。

但是既然達也不回答，那麼追究也沒用吧。遙在內心復誦「別想無謂的事情」開始帶路。

遙指著洞窟所在的瀑布向達也示意。周邊已經沒有ＦＡＩＲ的人影。

「就是這裡。」

「在這後面嗎？我知道了。」

達也說完的下一瞬間，遙感覺像是有一塊簾幕從眼前去除。

同時她承受強烈的衝擊，意識差點消失。

達也身旁突然出現超乎人類的「美」。遙頓時甚至無法認知是「美女」，只有「美麗」的印象成為壓倒性的暴力折磨著她。

她踉蹌跪地。可以說幸好腳下不是岩地。如果是岩石或是滿是石頭的河邊就會受傷，一個不小心還可能傷到骨頭。

即使是突然在一開始就看見，應該也不會受到這種程度的打擊吧。

不只是印象稀薄，甚至完全不留印象，雖然看不清楚但只覺得外貌平凡的女性，突然變成如同美麗天仙下凡的女性。是的，如此激烈的變化只令人覺得不是「變化成另一個人」而是「替換成另一個人」，這股反差對遙的精神造成難以承受的傷害。

「不要緊嗎？」

深雪露出擔心表情快步走過來。她的美貌比以前更加完美，不過確實是遙認識的司波深雪。

遙凝視深雪數秒再數度眨眼之後，終於回復為正常表情。

「啊，嗯。我不要緊。謝謝。」

雖然說話還不太流利，遙依然勉強出言道謝，藉著深雪的手起身。

對於遙露出的糗態，達也沒有特別責備，卻也沒露出同情的神色在一旁凝視，看見遙站起來之後就向深雪說「深雪，我們走吧」。

「請小野老師待在這裡平復心情。」

深雪露出溫柔的笑容對遙說。

遙沒察覺自己像是寵物般被命令「等！」，出神注視深雪點頭回應。

達也以帶來的手電筒照亮內部。狹窄洞窟的壁面各處都有挖掘的痕跡。

對於這件事本身，達也與深雪都不感驚訝。他們已經知道FAIR曾經連日盜挖。

達也視線停留在壁面某處。定睛注視將近十秒之後，他將右手放在大幅挖開的挖掘痕跡。

在深雪的守護之下，達也的手逐漸沉入壁面。看見砂土沿著壁面滑落就知道，達也不是穿透洞窟壁面，是以接觸的右手指定魔法座標分解砂土。

就這麼挖到上臂陷入一半的深度之後，達也慢慢抽出右手。右手抓著的東西不是石板，是小盒子。將探測魔法聚焦在石板的蘿拉與FAIR，大概沒察覺這個小盒子的存在。

剛才挖的洞依照盒子的體積擴大。不過直徑控制到最小，所以影響程度不會導致洞窟崩塌。

這個小盒子是石製的奇妙物體。除了盒蓋沒有其他的接合部位，形狀就像是從大石頭切割出立方體，再挖空內部製成盒子。

「這是什麼呢……？」

盒子裡放著正八角形的石板。雖然形容為「板」，厚度卻有寬度的四分之一。形容為「平坦的八角形石塊」或許比較合適。

「是聖遺物的一種……吧。」

定睛觀察的達也從盒子取出石塊，放在自己的手心。

然後從手心注入想子。

對真相不明的遺物這麼做，是令人覺得魯莽的大膽行徑，不過達也當然不用說，深雪也毫不慌張。她盲目地信賴達也。

達也當然也是研判絕對沒有風險，才會決定當場做實驗。他以「精靈之眼」掌握構造情報，確認沒有放射性元素之類的危險物質，並且判斷有必要的時候分解到元素層級就好。

八角形的石塊沒特別出現明顯反應。就只是在達也手心偏移短短一公分左右。

「……只有動了一下。」

「是啊。」

或許是察覺到什麼，達也原地轉身九十度之後重複相同的實驗。

八角石朝著同一個方向偏移。

和達也身體的方向無關，客觀來說朝著同一個方向。

達也走出洞窟，屢次改變身體方向反覆實驗。

和剛才在洞窟裡做的實驗一樣，八角石每次都一定朝著同一個方向移動。

達也將八角石收進原本存放的石盒。

深感興趣看著達也做實驗的遙也沒多說什麼。

關於這個實驗，以及達也要帶走出土物品的行為，她都沒多說什麼。

「小野老師，謝謝您幫忙帶路。」

回到空地的達也，在黃昏天空下向遙行禮致意。

「雖然不多，不過這是帶路費。」

聽到達也這麼說，遙在這時候首度察覺報酬還沒談妥。

達也遞出的信封裝著高額交易用的現金卡。

看見卡面的金額，遙目瞪口呆。

「我想應該不必重新強調，這筆錢也包括封口費。」

遙就這麼啞口無言，點頭回應達也的話語。

「那麼，失陪了。」

達也坐進駕駛座的同時，深雪也坐進副駕駛座。

載著兩人的飛行車，像是普通的自動車般駛離。

遙愕然目送車子離去。

車子在途中被黑暗籠罩再也看不見，遙決定當成是自己多心。

達也駕駛飛行車朝著遠離人煙的方向前進，在完全沒有他人氣息與機械視線的地方讓飛行車浮空。

「──請問這顆石頭是一種指南針嗎？」

沉默至今的深雪開口詢問。她代替正在開車的達也拿著小盒子。

「這是妥當的猜測。」

達也就這麼看著前方點頭同意。

「應該是指示某個特定的場所沒錯。問題在於那裡有什麼東西。」

石塊移動的方向不是東南西北其中一方。是北北西。是阿拉斯加的某處？更遠的西伯利亞？還是再往前的中亞某處？感覺都有可能。

「既然是指南針，肯定有成套的地圖才對……」

達也自言自語般輕聲說。

他從自己這句話想起蕾娜的話語。

蕾娜說過「白色石板」或許是地圖……

◇◇◇

USNA西岸，當地時間七月十九日凌晨。

光宣降落在依然被夜幕籠罩的舊金山。並不是上次那種四下無人的郊外湖畔。雖然遠離市中心，但他出現在市區。

他以「扮裝行列」變成像是黑影的模樣。不是全身漆黑。漆黑的部分反而很少，全身染成墨色與淡墨色的濃淡色彩。但是亮度很模糊，完全看不出長相，體型也是勉強看得出輪廓的程度。

看得出手腳的位置，也看得出頭部的位置。

然而眼耳鼻口都無法辨識。連手指也一樣，只能辨別拇指與另外四指。

光宣以這種像是詭異亡靈的造型入侵FAIR總部。

粗獷風格的三層樓水泥建築重門深鎖。然而從喇叭鎖到電子鎖都無法成為光宣的阻礙。他輕而易舉解開門鎖（甚至不必破壞）逐漸深入內部。

保全裝置以「電子金蠶」全部癱瘓。輪值的警衛與魔法師都毫無抵抗就倒下。甚至無須目光相對，光是接近就使其陷入昏睡。別說殺人，甚至也不必傷人，這就是敵我的實力差距。

光宣從一樓依序確認每一個房間。他在途中發現白色石板，所以注入想子之後拍照。白色石板總共十五塊。光宣只拍下照片就把石板留在房內。

光宣的目的是奪取「導師之石板」。只要搶走黑色的石板。

「導師之石板」位於三樓中央的房間。

他的目標不包括FAIR的成員。所以即使領袖迪恩就在石板存放的房間，光宣也沒看在眼裡。

迪恩為什麼在這種拂曉時分待在事務所？光宣只略感納悶。但他立刻停止思考。迪恩的隱情對於光宣來說一點都不重要。

「導師之石板」在迪恩身後的櫃子裡。

光宣隨意踏出腳步走向石板。

「什麼人！你是誰？」

光宣無聲無息像是滑行般接近的身影，在迪恩眼中彷彿死神或惡魔。

迪恩使出魔法。

不是他的王牌「戴歐尼修斯」。

「戴歐尼修斯」是對「人類集團」使用的魔法，而且只有間接性的攻擊力。

他在這時候使出的魔法，是據說對於靈屬性生物（但是迪恩不知道靈屬性的生物是否真實存在）也有效的精神攻擊魔法。

不過光宣擁有的魔法抗性，即使是擅長精神干涉系魔法而且化為寄生物的STARS恆星級隊員凱文・安塔列斯少校與以利亞・薩魯格斯中尉都無法以魔法擊破。連STARS徵選名單都進不去的迪恩使用不是王牌的魔法，當然不可能對光宣管用。

光宣從容經過迪恩身旁，拿起「導師之石板」，從容離開這個房間。

屈辱顫抖的迪恩，目送他化為黑影的背影離去。

光宣也沒讓迪恩昏睡。

蘿拉被總部遇襲的消息叫醒，連忙趕到迪恩身旁。

迪恩不是坐在椅子，是坐在地上，雙眼發直抱著頭。

「閣下！請問剛才發生什麼事？」

迪恩慢吞吞抬起頭，以老人般的動作指向身後的櫃子。

「『導師之石板』被搶走了……」

迪恩的聲音混合了失望、憤慨與憎恨的情緒。

蘿拉跑到迪恩面前，跪下來和他的視線等高，像是鼓勵般抓住他的肩膀搖晃。

「閣下，不成問題！『巴別』已經在我這裡，那塊石板只是空殼。即使被搶走也沒有實際的損失！」

「這樣啊。是空殼嗎？」

「是的，閣下。」

「沒有實際的損失嗎？」

「一點都沒錯，閣下。」

「那麼，我不必在意任何事吧？」

「您說得沒錯。」

「是嗎……怎麼可能啊！」

迪恩突然厲聲怒罵。

蘿拉被推開，趴在地面。

「閣下……？」

迪恩站起來，蘿拉以求情般的眼神仰望。

「受到那種屈辱，怎麼可能只說一句『不必在意』就善罷甘休！可惡……我絕對不放過他！一定要給他好看！」

迪恩火冒三丈，剛才像是消沉老人的軟弱模樣消失得無影無蹤。

「蘿拉！」

「呀啊！」

迪恩粗暴抓住蘿拉的頭髮。

「用妳的魔女術查出小偷的真面目！聽好了，一定要查出來！」

「遵……遵命，閣下。」

被抓住頭髮粗魯拖拉而痛得呻吟的蘿拉，對於迪恩胡亂發洩怒火的行為不是感到害怕，而是感到安心。

◇◇◇

七月十九日上午。舊金山市警強制搜查ＦＡＩＲ總部。

為求謹慎，警方請魔法師治安部隊「巫軍」支援攻堅進入建築物。

實際上，成員們的抵抗十分激烈。在雙方都出現犧牲者的狀況下，警方逮捕還活著的所有成員。

不過直到最後都沒找到領袖洛基・狄恩與副領袖蘿拉・西蒙的身影。

同一天的正午，達也與深雪在比爾空軍基地聽到這個消息。ＪＪ特地親自進入等待起飛的運輸機，告知迪恩逃過一劫。

「副領袖蘿拉・西蒙抓到了嗎？」

比起迪恩，達也反而比較在意蘿拉。

「不，副領袖西蒙好像也逃走了……這個人比較重要嗎？」

ＪＪ以謹慎的眼神試探。

「蘿拉・西蒙是『魔女』吧？他們之所以能利用『導師之石板』，我認為應該是借用這方面的知識。」

達也認為沒有隱瞞的必要，所以老實說明自己的推測。

「原來如此……我會要求警方特別嚴加追查蘿拉・西蒙的下落。」

「查出什麼消息的話請告訴我。」

「好的，那當然。」

ＪＪ說完離開運輸機。

載著達也、深雪與飛行車的運輸機，隨後立刻朝著西太平洋起飛。

◇ ◇ ◇

西太平洋海面上的ＵＳＮＡ海軍大型航母「獨立號」。

日本時間七月二十日下午三點左右，從西岸比爾空軍基地起飛的小型運輸機降落在艦上的飛行甲板。

達也他們駕駛飛行車從運輸機來到航母，就這麼通過甲板衝進海裡。

航母的船員當然驚慌不已，不過艦長向眾人說明那輛自動車與車上人物的真面目，所以騷動立刻平息。

在海中疾馳到距離航母以及護衛艦隊夠遠之後飛到空中。

即將抵達毗連區的時候再度潛入海中，達也駕駛的飛行車在二十日下午五點多抵達巳燒島。

當天晚上八點。

達也他們在巳燒島當成住家使用的四葉家大樓，頂樓房間裡有達也、深雪、莉娜、光宣與水波等人的身影。

「達也先生，請收下。我想這就是『導師之石板』沒錯。」

光宣入侵FAIR總部之後，帶著黑色石板的實物與白色石板的攝影檔案回到「高千穗」，然後現在被達也叫來，和水波一起降落在巳燒島。

「辛苦你了。雖然必須詳細調查才有結論，不過應該就是這塊石板。」

「『導師之石板』是什麼？」

唯一不知道詳情的莉娜在一旁發問。

莉娜不是被達也叫來的。她聽到深雪回來的消息，要求兵庫駕駛VTOL從調布飛過來。

「是一種遺物，功能是記錄魔法，將魔法傳授給魔法師。」

「啊啊，所以叫做『導師』嗎……慢著，這種事真的做得到？」

莉娜以表情與手勢做出誇張的反應大喊。不過在座所有人都不覺得她大驚小怪。「導師之石板」就是這麼匪夷所思的東西。

「好像可以。接下來我會調查是否屬實。」

「我也要幫忙。」

光宣眼神閃亮提出這個要求。

他的本性也是學者風格。

「好的。這塊石板的系統好像利用了屬於古式魔法的精神干涉系魔法。光宣能幫忙的話是可靠的助力。」

「嗯，請務必讓我幫忙……還有，這邊是白色石板的影像檔……」

「查出什麼了嗎？」

看到光宣欲言又止的表情，達也察覺光宣已經掌握某些線索。

光宣和水波四目相視。

水波像是為光宣打氣般點頭。

「你或許會覺得我在說什麼傻話……」

看來光宣得出的結論非常驚人。

不只是達也，深雪也以視線催促欲言又止的光宣。

「看得出照片的某些部分是文字嗎？」

光宣選取一張照片檔，在螢幕上擴大某個部位。

聽他這麼一說，達也、深雪與莉娜一起看向平板畫面。

「……確實。很像是梵字。」

「是的。我也是這麼認為，試著讓高千穗的ＡＩ解讀，結果確定是梵字的古字體。」

「內容是？」

「——『位於以岡仁波齊峰的瑪旁雍錯湖為源頭的悉達河北岸』。」

「……這段記述是不是和西藏佛教的時輪怛特羅記載的香巴拉位置一樣？」

「……你居然知道。不愧是達也。」

光宣是真的感到驚訝。

「我在學習古式魔法的過程涉獵過怛特羅所以才會察覺，沒想到身為現代魔法師的達也知道這件事……」

「我只是讀過西藏佛教的簡介書籍，沒學過怛特羅本身。」

「不，光是這樣就能回想起來也很厲害了。」

光宣的話語引得女性們都睜大雙眼點頭。深雪看來也吃驚到說不出以往那種稱讚的話語。

「——我認為白色石板可能是通往香巴拉的地圖。」

光宣改以鄭重語氣說出他推理之後的結論。

「……香巴拉不是單純的傳說嗎？」

莉娜以還沒擺脫驚訝心情的聲音提出疑問。

「在我們之間相傳的香巴拉或許是傳說。不過，成為傳說源頭的古代高度文明魔法國或許真實存在。也就是製作聖遺物、晶陽石以及這塊『導師之石板』的文明。」

「——這是合理的解釋。」

達也以沉重語氣向光宣表達贊同之意。

「達也大人，我們出發吧！」

深雪以堅定的聲音向達也提案。

「深雪，妳說出發……是要去香巴拉？」

「是的，去尋找香巴拉。」

莉娜發出傻眼的聲音，深雪以認真的語氣回應。

「只是問題在於……」

此時光宣改以軟弱的聲音插嘴。

「即使白色石板表面浮現的是地圖，也和現代的格式截然不同。必須有類似指南針的東西當成比對地圖與現在位置的線索，否則連查出大致的位置都很難吧。」

「達也大人！」

「指南針」這三個字引得深雪大喊。

「深雪小姐？」

「深雪？」

光宣與莉娜詫異反問，水波也朝深雪投以疑惑視線。

「其實我們回國之前，在沙斯塔山發現一個東西。」

答案從達也的口中說出。
他放在桌上的小盒子吸引光宣、莉娜與水波的視線。
「這個盒子的加工成形，使用了和分解魔法相同的技術。」
聽到這句話，深雪也重新注視石盒。
「而且，放在裡面的東西是這個。」
達也打開盒蓋取出八角石。
放在手心給所有人看。
眾人視線集中過來的時候，達也朝石塊注入想子。
石塊移動兩公分左右，移動幅度比先前在沙斯塔山實驗的時候還大。
朝著西北西——中亞的方向移動。
「我與深雪認為，這個聖遺物或許是指南針。」
沉默統治室內。
雖然沉默本身令人喘不過氣，達也以外的四人雙眼卻懷抱期待閃閃發亮。

〈待續〉

後記

為各位送上《魔法人聯社》第四集。不知道各位是否看得愉快。

這一集的【1】到【5】是在第三集沒有描寫，和第三集相同時期發生的事情。【6】之後是第三集的後續。

或許該說「終於」，本系列也抵達新的里程碑了。直到第三集的內容，性質都偏向是同系列的續篇，不過接下來會發展為新的冒險故事。

閱讀到這裡的各位應該已經知道，從下一集開始，香巴拉的探索將是本系列的主軸。

只不過，並不會忠實沿用香巴拉傳說。是以香巴拉傳說為題材，也會涉及「北極樂園論」，稱不上是獨特解釋，幾乎完全虛構的「香巴拉探索」。所以如果當成超古代史的超自然小說應該會略顯不足，敬請見諒。

其實最好能寫出像是菊地秀行老師《寶藏獵人八頭大》系列的正統作品，可惜我能力不足。

此外，《魔法人聯社》的主要角色（不是女主角）蕾娜・費爾從這集開始正式活躍了。蘿拉・西蒙在這次稍微展現的「魔女」本領，今後會繼續發揮。

相較於兩名新女性角色，這次只露出丟臉模樣的洛基・狄恩，也會在下集之後讓各位看見符合「邪惡組織首領」這個頭銜的表現。

這部分務必請各位拭目以待。

內文的香巴拉位置是參考田中公明著作的《超密教時輪怛特羅》（東方出版，敬稱略）。有興趣的讀者不妨一讀。

雖然對我來說有點艱深，不過無論當成正經的學術書籍或是創作的題材，我都覺得很有趣。

那麼，本次就在這裡向各位告辭。

接下來出版的應該是《天鵝座的少女們》第四集。這系列也請多多指教。

（佐島　勤）

（註：以上為日本方面的情況。）

菜鳥鍊金術師開店營業中 1 待續

Kadokawa Fantastic Novels

作者：いつきみずほ　插畫：ふーみ

日本於2022年10月起TV動畫好評播放中!!
菜鳥鍊金術師意外展開鄉村店鋪經營生活

取得鍊金術師的國家資格，夢想迎接優雅生活的珊樂莎，收到了來自師父的禮物——也就是一間店，卻是位在比想像中更鄉下的地方!?悠閒的店鋪經營生活就此展開，在怡然自得中，目標是成為獨當一面的國家級鍊金術師!!

NT$250/HK$83

Silent Witch 沉默魔女的祕密 1~2 待續

Kadokawa Fantastic Novels

作者：依空まつり　插畫：藤実なんな

魔力測定&恩師赴任——
最強魔女面臨身分穿幫的危機即將崩潰!?

〈沉默魔女〉莫妮卡光是安然度過普通的校園生活就已經讓她精疲力竭，然而身分穿幫的危機卻一波波接踵而至？對大家而言輕而易舉的社交舞與茶會，都讓莫妮卡一個頭兩個大。就在這麼傷腦筋的節骨眼，又出現了新的危機朝第二王子逼近？

各 **NT$220~280/HK$73~93**

怕痛的我，把防禦力點滿就對了 1~13 待續

Kadokawa Fantastic Novels

作者：夕蜜柑　插畫：狐印

分成兩大勢力的對抗戰即將開打！
強得亂七八糟的【大楓樹】將情歸何處!?

第九階地區的亮點，是在兩個王國間選邊站的大型ＰＶＰ！各公會不停蒐集情報以決策同盟或敵對，其中最受關注的當然是【大楓樹】選擇哪個陣營。梅普露自己也會和勁敵們交換資訊，並受到【聖劍集結】的邀請，有好多事要傷腦筋……

各 **NT$200~230/HK$60~77**

末日時在做什麼？能不能再見一面？ 1~11（完）

作者：枯野 瑛　插畫：ue

逐漸崩壞的世界，最後會留下什麼痕跡？
連繫未來的妖精們第二部的故事，即將閉幕。

〈最後之獸〉所創造出來的少年，面臨最終的選擇。是要憐惜眼前的幸福並毀滅懸浮大陸群——還是讓自己作為剝奪許多事物的邪惡存在，遭到毀滅？虛偽的樂園出現裂縫，幸福的碎片也逐漸散落。明白了自己存在意義的少年，會給出什麼樣的答案？

各 **NT$190~250/HK$58~83**

Sword Art Online

刀劍神域Progressive 1~8 待續

Kadokawa Fantastic Novels

作者：川原 礫　插畫：abec

穿越十幾二十重的陷阱，
桐人等人能夠掌握勝利嗎？

桐人試圖要曝光執掌「怪物鬥技場」的柯爾羅伊家的弊端，但是該處早已設下多重的陷阱。奪回「祕鑰」、討伐樓層魔王，以及阻止惡辣的陰謀——面對種種難題，剩餘時間只有短短兩天。這個高難度任務攻略的結果，將完全交給賭上全部財產的鬥技場大賽。

各 **NT$220~320/HK$68~98**

國家圖書館出版品預行編目(CIP)資料

續.魔法科高中的劣等生 ： 魔法人聯社/佐島勤作 ；
哈泥蛙譯. -- 初版. -- 臺北市：臺灣角川股份有限公
司, 2022.11-
冊； 公分. -- (Kadokawa fantastic novels)
譯自：続.魔法科高校の劣等生 メイジアン.カンパ
ニー
ISBN 978-626-321-969-4(第4冊：平裝)

861.57 111014972

Kadokawa
Fantastic
Novels

續・魔法科高中的劣等生 魔法人聯社 4

（原著名：続・魔法科高校の劣等生 メイジアン・カンパニー 4）

2022年11月9日 初版第1刷發行

作者：佐島勤
插畫：石田可奈
日版設計：BEE-PEE
譯者：哈泥蛙

發行人：岩崎剛人
總編輯：蔡佩芬
編輯：黎夢萍
美術設計：黃永漢
印務：李明修（主任）、張加恩（主任）、張凱棋

發行所：台灣角川股份有限公司
地址：104台北市中山區松江路223號3樓
電話：（02）2515-3000
傳真：（02）2515-0033
網址：www.kadokawa.com.tw
劃撥帳戶：台灣角川股份有限公司
劃撥帳號：19487412
法律顧問：有澤法律事務所
製版：巨茂科技印刷有限公司
ISBN：978-626-321-969-4